.

Peter Balko

Zusammen sind wir unbesiegbar

Roman

Aus dem Slowakischen
von Zorka Ciklaminy

Paul Zsolnay Verlag

Die Originalausgabe erschien erstmals 2014
unter dem Titel *Vtedy v Lošonci* im Verlag
KK Bagala, Levice.

Die Übersetzerin dankt der Schweizer Kulturstiftung
Pro Helvetia für die Unterstützung.

schweizer kulturstiftung
prohelvetia

Dieses Buch erschien mit Unterstützung
von SLOLIA, dem Literaturinformationszentrum
in Bratislava, Slowakei.

1. Auflage 2020
ISBN 978-3-552-05974-0
© Peter Balko (Under licence by KK Bagala)
Alle Rechte der deutschsprachigen Ausgabe
© 2020 Paul Zsolnay Verlag Ges. m. b. H., Wien
Satz: Nadine Clemens, München
Autorenfoto: © Dávid Koronczi
Umschlag: Anzinger und Rasp, München
Foto: © Cheyenne Montgomery / Getty Images
Druck und Bindung: CPI books GmbH, Leck
Printed in Germany

Jenen gewidmet,
die zurückkehren

Liebster Kapia, geborener Koloman,

gestern bin ich neun geworden. Meine Eltern haben zu meinen Ehren ein Fest veranstaltet, zu dem niemand kam. Also außer der Familie natürlich. Mutter hat eine Torte mit blauem Guss gebacken, Vater hat Ballons aufgeblasen und Großvater Legenden vom alten Lošonc erzählt. Es war schön, die Torte hätte dir geschmeckt. Ich habe ein neues Fahrrad bekommen. Wenn du zurückkommst, fahren wir bis ans Ende der Welt, vielleicht auch bis hinter den Kriváň. Wir werden in den Wind rufen, zerbrochene Zigaretten rauchen und auf alle dummen Kinder mit güllegetränkten Sonnenblumen eindreschen. Alles wird sein wie früher, mein Freund. Du wirst schon sehen.

In der Schule hat sich nichts verändert. Der Turnlehrer hat sein salzverkrustetes T-Shirt noch immer nicht gewechselt, die Dukatenbuchteln in der Mensa schmecken wie Timravas Asche, und das botanische Gärtchen hinter der Schule ist mit Zigarettenkippen übersät. Die neuen Erstklässler sind klein und hässlich, am ersten Schultag habe ich ihre Jacken angepinkelt. Zu deinen Ehren. Hrachová, die alte Kreide, die sich wie eine Nonne kleidet, fing kürzlich an zu weinen, als wir in der Geschichtsstunde Štefánik durchnahmen. Sie rannte aus dem Klassenzimmer, und als sie zurückkam, hatte sie verschmierte Augen wie eine Prostituierte. Sie geht sich langsam selbst auf die Nerven, ins Altersheim sollte sie. Maco Mamuko hat den Fäkalwagen seines Vaters geklaut, und der hat ihn so verprügelt, dass ihm der Augapfel raus-

fiel. Das Auge kullerte in den Straßenablauf und machte sich auf
den Weg über den Krivánbach, den Ipel' und die Donau bis ins
Schwarze Meer. Der Ärmste, jetzt hat er ein Glasauge. Alle in der
Klasse lassen dich grüßen, und die dicke Deutschlehrerin hat im
Namen aller für dich gebetet. Keine Angst, ich habe mich nicht
beirren lassen. Ich weiß nur zu gut, dass du da, wo du jetzt bist,
keinen Gott brauchst. Übrigens, ich kümmere mich gut um Ivan
den Schrecklichen. Meine Oma hatte recht, Meerschweinchen
können nur scheißen, pfeifen und Vorhänge fressen.
In Lošonc ist alles beim Alten. Vater sagt, dass sich dieses Land
nur durch eine Nuklearkatastrophe verändern kann. Straßen-
köter gibt es immer mehr, im Park haben sie ein Nelkenstillleben
gepflanzt, und die nächste Fabrik wurde geschlossen. Die Leute
stehen vor der Kneipe, die Leute stehen vor dem Arbeitsamt.
Neben dem Friedhof haben sie ein paar alte Häuser abgerissen.
Angeblich gibt es hier bald mehr Tote als Lebende. Kilimandscha-
ro ist beim Stadtamt eingebrochen und hat angefangen, durch
den Rundfunk zu schwafeln, dass das Ende aller Tage naht, und
ähnlichen Quatsch. Vor ein paar Tagen hat sich der Himmel dann
tatsächlich verfinstert, und die Sonne hat sich bis heute nicht
gezeigt. Ich gehe mit einer Stirnlampe zur Schule wie ein Berg-
arbeiter in Peru. Fehlen nur noch ein Hämmerchen, verschwitzte
Achseln und eine Goldader.
Alica ist gegen Ende des Sommers mit ihrem Vater nach Nymburk
gezogen. Das ist in Tschechien. Die Leute trinken dort angeblich
weniger als bei uns, und sie gehen nicht in die Kirche. Nicht mal
sonntags, um Neapolitaner zu essen. Sie hat mir eine Ansichts-
karte mit irgendeiner alten Brücke geschickt und geschrieben,
dass sie nie mehr nach Lošonc zurückkehren wird. Das erstaunt
mich nicht, in Nymburk gibt es angeblich Minigolf. Es ist seltsam,
aber ich träume jeden Abend von ihr. Ich sehe ihre Lippen, ihre
Wimpern, ihre Brüste, die Muttermale an den Unterarmen und

ihre Oberschenkel. Sie liegt neben mir auf dem Bett. Sie ist nackt und bereit. Sie löst ihr Haar und flüstert mir zu, dass die Eltern endlich eingeschlafen sind. Meine Hände schwitzen, und wenn ich kein Ninja wäre, würde ich mir in die Hose machen. In dem Augenblick schauen wir uns in die Augen und wissen beide, dass wir uns nie mehr wiedersehen werden.

Und du, mein Freund, träumst du dort auch etwas?

Wenn ich die Augen schließe, sehe ich das alte Jagdmesser. Ich rieche seinen Lavendelduft, er vermischt sich mit dem Geruch von Blut. Ich hasse mich, glaube mir. Stundenlang liege ich unter dem Bett, zittere, weine. Das mache ich jeden Tag. Jeden verdammten Tag. Ich habe eine Tür geöffnet, die hätte verschlossen bleiben sollen, und etwas Böses ist entflohen. Nach Lošonc, zu dir, zu mir. Zu uns. Zusammen waren wir unbesiegbar. Aber was nun?

Mein Freund, was wird aus mir?

Ich sitze am Tisch im Kinderzimmer, und bald ist es Mitternacht. Die Eltern schlafen, und ich schreibe diese Zeilen, die ich viel früher hätte schreiben sollen. Damals. Manchmal erblicke ich dich auf der Straße oder in unserem unterirdischen Versteck auf dem Baum. Ich denke an den Tag, als das größte Gewitter aller Zeiten über Lošonc hinwegfegte, und ich kriege am ganzen Körper Gänsehaut. Du musst das dort durchstehen, mein Freund, du musst. Wenn ich die Zeit zurückdrehen könnte …

Es tut mir leid, aber ich bin kein Forscher.

Du fehlst mir, Kamerad.

Dein bester Freund auf Erden
Leviathan

P. S. Ich lege dem Brief
zehn Fotografien bei,
sieben geklaute Zigaretten
und drei neue Abenteuer von Kapitän Mrož.

1

Der erste Tag
meines neuen Lebens

Nachbar Hrčka hat keine Haare, weil er Krebs hat. Glücklicherweise hat Nachbar Hrčka in der Lotterie gewonnen, und die moderne Medizin hat ihm eine Sonde in den Hintern eingeführt. Die Sonde hat ihn geheilt. Nachbar Hrčka war glücklich, denn sein Haar fing wieder an zu wachsen. Das Ganze hatte aber einen Haken: Das Haar war blau und wuchs so schnell, dass es ihn in ein blaues, zotteliges Monster verwandelte. Die blauen Haare umwuchsen Hrčkas Haus, den Garten, die Pferde, die Straßen und ganz Lošonc. Doch da kam eine göttliche Schere vom Himmel herab und schnitt die blauen Haare ab. Das Haar aber wuchs weiter und umwuchs auch die göttliche Schere. Ende und Moral von der Geschichte: Die göttliche Schere kommt einen Dreck an gegen die moderne Medizin!

Als ich geboren wurde, zersprangen im Kreißsaal alle Glühbirnen. Angeblich hatte ich ein dermaßen starkes Charisma. Auf dem Boden bildeten sich grässliche Blutmuster, und über Lošonc brach ein neuer Tag herein. Seitdem sind in unserer Familie nur noch Kerzen in Gebrauch.

Doktor Böhl, der im Kellergeschoss der jüdischen Metzgerei eine Ambulanz eingerichtet hatte, prognostizierte, dass ich ein Mädchen werden würde. Vater reagierte auf die Realität prompt und strich das lachsrosa Kinderzimmer blau an. Meine eindrucksvolle Ankunft auf der Welt hat er fleißig mit dem Fotoapparat dokumentiert, um mir damit auch Jahre später handfeste Beweise liefern zu können, was für ein hässliches Neugeborenes ich gewesen war. Mutter weinte. Sie schmiegte ihr Gesicht an meinen weichen Körper an, den nur ein drei Zentimeter langes Zipfelchen von der erträumten Tochter trennte. Zur Welt zu kommen und unmittelbar seine Eltern zu enttäuschen ist eine ideale Voraussetzung für ein glückliches und erfülltes Leben.

Was nun mit all diesen niedlichen Mädchenkleidchen?

Ob ihr es glaubt oder nicht, in Lošonc geboren zu werden, nur wenige Kilometer von der ungarischen Grenze entfernt, hat so seine Vorteile. Es reicht, auf einen beliebigen Hügel zu steigen, und mit ein bisschen Rückenwind spuckst du den erstbesten Schlucker in Salgótarján an. Wenn man die mit Apotheken, Optikergeschäften und Casinos übersäte Promenade entlanggeht, wird einem schlagartig klar, dass die Kinder aus dem Süden krank, blind und süchtig sind. Die Geschichte hat Lošonc nicht besonders geschont, zweimal brannten die Türken die Stadt nieder und einmal störrische Pelikane, deren Anführer es bis aufs Stadtwappen schaffte. Es folgten Pestepidemien, Hungerkatastrophen sowie zahlreiche Bombardierungen während des Ersten und Zweiten Weltkriegs, die die Lebenskraft der Stadt in vergessene Newton zerlegten. Mein Vater nennt es Niemandsland, die Westslowaken nennen es Ungarn und die alteingesessenen Lošoncer den Abfallhaufen der Geschichte. Für mich ist es einfach mein Zuhause.

Ich hatte eine schöne Kindheit. Im Unterschied zu meinen Altersgenossen, die im Kindergarten gequält und lebendig begraben wurden, die man zwang, gesüßtes Wasser aus blauen Plastikbechern zu trinken und dann zu schlafen, wenn es ihnen Gott befahl, war ich das glücklichste Kind in Lošonc. Die meiste Zeit verbrachte ich auf Bäumen, wo ich mir imaginäre Küchen baute und aus Tannennadeln leckere Suppen, Mus und Elixiere kochte. Opa, der mich täglich im Park spazieren führte, saß auf der Bank, qualmte zufrieden und las in der Lošoncer Zeitung *Timravas Gurgel* die Todesanzeigen.

Oma brachte mich jeden Tag in einen winzigen Videoverleih, wo ich stundenlang herumlungerte und mit angehaltenem Atem mit der Hand über die in hohen Regalen gestapelten Actionfilme strich. Sie waren mit einer Vielzahl nackter, durchtrainierter Oberkörper, schwerer Waffen und heldenhafter Geschichten beladen. Jean-Claude Van Damme, Bruce Lee, Chuck Norris, Bolo Yeung oder Cynthia Rothrock – sie waren meine Freunde und Lehrer. Ich band mir einen weißen Schal um die Stirn, übte im Garten ungeschickt das Radschlagen und hackte mit einem hölzernen Schwert Opas Setzlinge klein. Dafür kassierte ich eine Tracht Prügel mit einem Ledergurt und war glücklich, keine Träne vergossen zu haben. Ninjas weinen ausschließlich nach innen.

Als ich fünf Jahre alt war, lehrte mich Opa schreiben. Er schüttelte den alten Birnbaum, damit der Obstbrand nicht versiegte, und sagte, dass die Menschen alles Mögliche und Unmögliche tun, um nicht zu vergessen. Einer fotografiert, einer trinkt, einer zeichnet Striche an den Türrahmen, und ich, der jüngste Spross der Familie, werde schreiben. Über mich und andere. Ich werde in ein Heft schreiben, und wenn es voll ist, kriege ich ein neues. Ich werde meine eigene Handschrift finden, meine eigenen Sätze. Das Heft muss ich regelmäßig mit Wörtern füttern, sonst krepiert es, und ich werde bis ans Ende meiner Tage die Schuldgefühle nicht los, es enttäuscht zu haben. Ich werde es bei mir haben, wenn ich schlafe und beim Scheißen, denn man kann nie wissen, wann sich die eigene Kacke in eine Erzählung verwandelt.

Die Anfänge waren schwer und zaghaft. Die Sätze kurz und einfach. Zum Beispiel: Nachbar Hrčka hat keine Haare. Und dann: Nachbar Hrčka hat keine Haare. Nachbar Hrčka hat Krebs. Und am Ende ein Satzgefüge: Nachbar Hrčka hat keine Haare, weil er Krebs hat. Ich schrieb täglich bis zu zwölf Stunden und gewann langsam Übung und Sicherheit. Ich lernte, Wörter und ihre Beziehungen zueinander zu begreifen. Ich merkte, dass es Wörter gibt, die sich lieben, und Wörter, die sich hassen, und dass solche Verbindungen zu einer Tragödie führen können. Beispielsweise kann sich das Wort Leberwurst unmöglich zu Brunnen gesellen oder Vorhaut zu Lebkuchen. Dann kamen die Kommas, die Punkte und die verhassten Strichpunkte. Wenn es mir möglich wäre, auf bestialischste Weise ein beliebiges Interpunktionszeichen ins Jenseits zu befördern, so wäre es die Widerwärtigkeit, genannt Strichpunkt.

Letztlich gelangte ich nach all diesen Tagen und Wochen des schweren Drills, der Entsagung und der Handgelenkskrämpfe zu etwas, was meinem neuen Leben Sinn gab. Es war eine gewöhnliche Lüge, die durch das Schreiben zu etwas Edlem und Erhabenem wurde – die Fantasie.

Meine zerbrechliche Welt, verstärkt mit Tausenden beschriebener Blätter, Kung-Fu-Filmen, Küchen zwischen Baumkronen und versäumten Kindergartenbesuchen, stieß bald auf die dicken Mauern der Grundschule und zerschellte. Aus ihren Ruinen erwuchs ein neuer Junge, schüchtern und verloren. Wo das Auge hinreichte, waren schreiende Kinder, große Schulranzen, Pausenbrote mit angeklebten Servietten und quälender Spott der älteren Schüler – für sie war die Kombination meiner Fettleibigkeit und Schüchternheit der ideale Nährboden für eine gnadenlose Schikane. Wenn ich damals gewusst hätte, dass aus meinen Feinden einmal alleinstehende Väter werden, die im Sägewerk hinter Prša schuften und eine Schwäche für billigen Alkohol und leichte Mädchen haben, hätte ich sie als enger Freund umarmt und ihnen verziehen.

Wenn ich das Ganze mit zeitlichem Abstand betrachte, könnte das Problem auch gewesen sein, dass ich der Größte und Klassenälteste war. Alle dachten, ich sei zurückgeblieben, aber der Stichtag für die Einschulung lag bloß schlecht. Oder wie meine Mutter zu sagen pflegte: Ich war ein Herbstkind.

Ich konnte immer gut lügen, und wenn zu Hause die Schule zur Sprache kam, antwortete ich stets ausweichend und diplomatisch, jedoch ohne meinen Eltern bewusst zu machen, ausweichend und diplomatisch geantwortet zu haben. In Wirklichkeit erlebte ich während der ganzen Schulzeit winzige Lobotomien, bei welchen sich Zweifel und Ängste in die Hirnrinde bohrten und darin verworrene Katakomben bildeten. Die lächelnden Gesichter, bedeckt mit eitrigen Pickeln, der Eichhörnchenkot im Essgeschirr oder die gefährlich geschnittenen Unterhosen, die bis zur Grenze der Milz reichten, bescherten mir sogar nächtliche Albträume, die meist damit endeten, dass ich mir in die Hose machte. Im Falle besonders grausamer und realistischer Traumszenen fiel auch Dreck auf den Spielplatz. Alles veränderte sich in dem Moment, als ich meinen besten Freund auf Erden kennenlernte.

Mein neues Leben ging in die Phase über, die mit fetter Schrift als Kapias Ära in die persönlichen Annalen von Leben und Tod einging.

2

Schwanenballade

»Das ist keine Erzählung!«, rief Kapia und warf mein Heft auf den Boden. Die Zigarette, die er zwischen den Lippen zusammengepresst hatte, drückte er auf einer Schnecke aus. Er sagte, die Natur würde sie aufnehmen und ihre Qualen in etwas Besseres verwandeln, etwa in Humus oder ein Veilchenstillleben. Ich glaubte ihm, war er doch mein Kamerad.

Wir waren acht Jahre alt und bewaffnet. Kapia hatte ein Messer, ich eine Šumbajka. Eine Šumbajka ist ein meterlanger Stock, biegsam und federnd, am besten von einer Linde, an dessen Ende man ein Stück Lehm oder hart gewordenen Schlamm aufsteckt. Kapia kannte sechs unanständige Wörter und zwei Filmtitel für Erwachsene, ich konnte die Namen aller Heiligen des Kalenders auswendig, auch rückwärts. Kapia tötete jeden Tag mindestens ein Tier, ich putzte mir jeden Abend die Zähne. Kapia spuckte, ich schrieb.

Wir waren die besten Freunde in Novohrad und wussten: Sollte uns einmal etwas trennen, könnte das nur der Dritte Weltkrieg sein. Unsere Bande haben wir unter dem alten Nussbaum am Ende des Stadtparks sogar mit Blut besiegelt. Die Sonne hustete die letzten Lichtreste aus, die Schatten verhärteten sich, und Kapia furzte vor Erregung. Die Bruderschaft war hergestellt, und es war höchste Zeit, nach Hause zur Dillsuppe zurückzukehren.

»Nichts auf der Welt ist stärker als Blut«, flüsterte Kapia und spuckte den Briefträger an, der auf einem auberginefarbenen

Fahrrad an uns vorbeiflitzte. Seitdem müssen unsere Väter die Briefe auf dem Postamt abholen.

Ein fremdes Geschrei, das nicht in den Kontext meiner Gedankengänge passte, holte mich in die Realität zurück, und ehe ich mich umdrehen konnte, sah ich Kapia bereits die kurvenreiche Straße den See entlang davonsausen. Ich schnappte mir das Heft und die Šumbajka und rannte ihm blitzschnell hinterher. Glaubt mir, nur wenige Dinge auf der Welt sind schlimmer als der Zorn des alten Kilimandscharo, eines beinahe blinden Waldmenschen, der in einer verwitterten Hütte zwischen Unterholz und Sträuchern wohnt. Aus unerklärlichen Gründen wurde er vor Jahren zum Verwalter des hiesigen Sees ernannt. Kapia und ich dachten immer, er sei ein hundsgewöhnlicher Kommunist. Obwohl wir nicht genau wussten, was das heißt, wussten wir, dass wir recht hatten.

Wir versteckten uns auf unserem geheimen Baum, aus dem wir immer ein unterirdisches Versteck machen wollten. Doch wie baut man ein unterirdisches Versteck auf einem Baum?

In die Rinde ritzten wir unsere Initialen. Zur Sicherheit zeichneten wir an die umstehenden Bäume die merkwürdigsten Symbole, die uns im Falle eines Angriffs durch eine Berglanguste oder bei einem Gedächtnisverlust zum Ziel führen würden. Oft dachten wir darüber nach, woran wir uns nach einem Gedächtnisverlust erinnern würden. Um die Befürchtungen zu vertreiben, arbeiteten wir einen Fragenkatalog aus, nach dem wir eindeutig bestimmen konnten, ob es zum Verlust gekommen war oder nicht. Die richtigen Antworten verschlüsselten wir. Nein, wir schrieben sie nicht kopfüber. Nein, wir schrieben sie nicht auf Ungarisch. Ja, wir schrieben sie spiegelverkehrt.

Erste Frage: In welchem Film trafen sich erstmals Bruce Lee und Bolo Yeung?

Kapia nahm aus der Hosentasche die letzte Zigarette heraus, die er seinem Vater geklaut hatte. Sie war zerbrochen, aber er genoss sie auch so, wie ein erfahrener Raucher. Ich konnte nicht rauchen, einmal zog ich den Rauch in die Lungen und kam erst auf einer Wiese zwischen Kletten wieder zu mir. Kapia grölte wie ein Wahnsinniger. Er sagte, dass nur Weiber Rauch in die Lunge ziehen. Er wusste über viele Dinge viel. Schließlich hatte er auch so einiges erlebt. Am linken Fuß hatte er sechs Zehen, vermutlich deshalb, weil er in Ábelová geboren wurde. Die Mutter war Putzfrau an der Berufsschule und spielte in der Freizeit Waldhorn. Der Vater war Landvermesser, Rotschopf und Säufer. Immer wenn er trank, hatte er das Gefühl, sein Sohn sei Kriegsdeserteur und wolle ihn umbringen, also schloss er sich im Schrank ein und wartete dort bis zum Morgengrauen. Einmal kam er angeblich ganze sieben Tage nicht raus, Kapia brachte ihm auf Mutters Drängen jeden Tag Toast und Kamillentee. »Du kannst dir nicht vorstellen, wie so ein Schrank aussieht, wenn jemand eine Woche lang darin lebt«, sagte er und zog an seiner Zigarette wie ein alter Seemann. Es fehlten nur noch ein Bakelitmeer, kein Ufer in Sichtweite und ein ausgestochenes Auge.

Warum ist meine Erzählung keine Erzählung?

Kapia löschte die Zigarette auf der Zunge aus, schaute in die sterbende Sonne und spuckte aus. »Du weißt doch, in jeder Erzählung muss ein Weib vorkommen, sonst ist es keine Erzählung. Entweder geht es um Weiber oder um gar nichts, das wissen alle. Merk dir das, wenn du Schriftsteller werden willst!«

Ich nickte. Er hatte völlig recht, in meiner Erzählung vom Nachbarn Hrčka, dem blaue Haare gewachsen sind, wurde mit keinem Wort ein Mädchen, eine Frau oder ein Weib erwähnt, wie Kapia sie alle nannte. Aber Opa meinte trotzdem, ich solle über Dinge schreiben, die ich kenne. Über Weiber wusste ich wenig: Sie haben Brüste, mit denen sie Kinder stillen, sie haben keinen Zipfel, und die meiste Zeit ihres Lebens tut ihnen der Kopf weh.

Zweite Frage: Wie heißt und woher stammt die Figur, die Jean-Claude Van Damme im Film *Karate Tiger* darstellte?

Es dunkelte, wir gingen beide nach Hause. Kapia tötete auf dem Heimweg einen überdimensionalen Maikäfer, ich notierte mir seinen Gesichtsausdruck kurz vor dessen Ableben. Wir waren ein gutes Team, sogar das beste, das ich kannte. Wenn wir uns auf der Straße trennten, blickte sich keiner von uns um. Jungs schauen doch immer nach vorne. Am Abend funkten wir uns an und vereinbarten, was wir am nächsten Tag in die Schule anziehen würden. So machen das Teammitglieder, es ist unausweichlich. Wie eine Geheimschrift. Deshalb hatten wir auch Spitznamen, Kapia hieß in Wirklichkeit Koloman, aber die Schüler der höheren Klassen nannten ihn Kapia, weil er im Gesicht immer so rot wie ein Paprika war. Ich war Leviathan. Ursprünglich wollte ich Kapitän Dabač sein, aber Kapia sagte mir, so ein Spitzname existiere bereits. Den Namen Leviathan fanden wir in der Vermessungszeitschrift von Kapias Vater, worin neben Landschaftsbildern und stummen Karten Fotos von nackten Frauen mit Achseln zwischen den Schenkeln eingelegt waren. Sie waren merkwürdig, vermutlich auch Kommunistinnen.

Über Nacht sank die Temperatur weit unter null. Eis und weiße Daunendecken, wohin das Auge reichte. Häuser, Hügel, Straßen, Schaukeln, ein trauriger Landstreicher, auch die knospenden Bäume auf dem Schulhof, die ich während des Heimatkundeunterrichts durch das Klassenzimmerfenster beobachtete, waren schneebedeckt. Kapia saß hinter mir und ritzte mit dem Zirkel Bibelzitate in die Schulbank. Die Welt versank, und ich hatte so einige Mühe, vom feuchten Körperduft meiner

Banknachbarin Alica nicht wahnsinnig zu werden. Die anderen Mädchen in der Klasse rochen entweder nach morgendlichem Kakao oder nach billigem Kirschlippenstift. Alica war anders, ihr Duft verkündete der Welt, dass sie eine Frau war. Ein Weib.

Und die Welt schenkte ihr Gehör, ach, wie wunderbar sie ihr Gehör schenkte!

Als Einzige in der Klasse trug sie einen Rock. Einen weißen mit roten Punkten, knapp bis unter die Knie reichend, und manchmal, aber wirklich nur manchmal, wenn meine Augen Glück hatten, sahen sie die runden, backigen Äpfelchen. Sie erinnerten an weiche Maulwurfshügel, die in ihren unterirdischen Gängen die Geheimnisse des schmutzigen Erwachsenseins versteckten. Kapia pflegte zwar zu sagen, sie sei Jungfrau, aber ich wusste, dass sie im März geboren war. Nur ein Frühlingskind konnte so unendlich langes, gelocktes Haar haben, das sich ihr während des Diktats um die Handgelenke schmiegte, eine schmale und verblüffende Nase wie ein Komma in einem Kurzsatz, und Brüste, wirkliche Brüste, die nicht einmal Dritt- oder Viertklässlerinnen hatten und die sich ihr beim Vorbeugen ins Heft eingruben und die frische Tinte verschmierten. Die anderen Mädchen hatten winzige Vorsprünge, Zapfen, Würstchen, ungarische Abfahrtsstrecken oder Idiotenhügel, aber Alica hatte wunderschöne Berge.

Einmal habe ich sogar mit ihr gesprochen. In der Pause hat sie mich nach einem Papiertaschentuch gefragt, aber ich hatte nur ein Stofftaschentuch mit einem eingenähten Wappen der Burg Šomoška. Meine Mutter pflegte immer zu sagen, ein richtiger Mann müsse Anmut, einen guten Duft und ein eigenes Stofftaschentuch haben. Ich war damals so nervös, dass ich erbrechen musste. Manchmal passiert mir das, wenn ich stark unter Druck stehe. Seither haben wir nie mehr miteinander gesprochen. Sicherheitshalber trug ich aber immer eine Packung Papiertaschentücher und einen Kotzbeutel mit mir herum.

Ja, ich war verliebt, und ich war stolz darauf!

Doch wenn in meinem Umfeld jemand das Wort Stolz als Fußfessel seiner schicksalhaften Vollkommenheit hätte tragen können, so wäre es der Viertklässler Bielik gewesen. Alle Eltern, Nachbarn, Holzfäller, Klempner oder Sozialhilfeempfänger hatten beim Anblick dieses Ponys ein seltsames Zittern und Leuchten in den Augen, das von seiner Außergewöhnlichkeit zeugte. Er hatte goldenes Haar, Traktoristenbeine und gerade so viele Sommersprossen, dass ihn alle Frauen als feinfühlig, aber nicht überempfindlich, rau, aber nicht aggressiv, und redselig, aber nicht plapperhaft bezeichneten. In der Schulzeitschrift *Tajovskýs Gamaschen* belegte er den ersten Platz sowohl bei der Umfrage nach dem schönsten Nacken, der schönsten Frisur mit und ohne Pomade, und sogar bei den Nägeln an den kleinen Fingern war er die Nummer eins. Er trieb Gymnastik, und es wurde gemunkelt, dass er nachts ohne Helm Motorrad fuhr. Deshalb sehnten sich alle Weiber danach, sich mit ihm zu vermehren, und die Jungs, seine Popularität zu teilen. Wäre unsere Schule ein Hühnerstall, dann wäre Bielik das prächtige, hellenistische Masthähnchen.

Bielik war der Anführer der gefürchteten Lošoncer Gang kleiner Vagabunden und Soziopathen, mit denen Kapia und ich einige legendäre Zweikämpfe über die Vorherrschaft im südlichen Gemeindegebiet führten. Kapia war ein gefürchteter Raufbold, und seine Zahnabdrücke schmückten den Körper mancher jungen Flegel, aber angesichts meiner Ungeschicklichkeit und einer Kampffähigkeit, die beim Drohen und Spucken anfing und aufhörte, verloren wir beschämend alle Prügeleien. Wir lagen gedemütigt auf der kalten Erde, hörten Bieliks kehliges Lachen und spürten auf unseren Gesichtern den heißen Urin unserer Bezwinger. Wir erholten uns von jeder Niederlage und fuhren im Leben dort fort, wo wir aufgehört hatten. Beide wussten wir nämlich, dass auch auf Bielik frostige Tage warten.

Unglücklicherweise erlag auch Alica Bielik. Es war nicht bloß ein Fantasiegebilde meiner verliebten Birne, sondern Realität, die beide während der Pause auf dem Flur bestätigten, eng, atemlos und glücklich, dass mir davon die Galle hochkam. Ich wollte sterben, dahinscheiden wie ein Tragöde. Und Bieliks lange Finger spielten weiter mit Alicas Haar, glitten unauffällig über die Kontur ihrer Brüste, wo sie so schnell wie möglich ihren Fixpunkt markieren wollten. Grausame Geometrie junger Rivalen auf der Grundschule.

»Wenn du willst, können wir ihn töten«, begann Kapia und rülpste. »Wir müssen aber bis zum Frühling warten, die Erde ist gefroren, wir könnten ihn nirgends vergraben. Einverstanden?«

Dritte Frage: Woher stammen die Eltern von Chuck Norris?

Im Turnunterricht habe ich mich wieder lächerlich gemacht. Wir hatten Klettern. Der Turnlehrer regte sich dermaßen auf, dass er mich nach der Stunde zehn Minuten an den Ringen hängen ließ, und jedes Mal, wenn er im Laufschritt aus der Turnhalle ging, drehte er sich bei der Tür melodramatisch um und ließ durch sein Gesicht, das röter als der Arsch eines Zwerges war, die Botschaft verlauten, eines Tages würden alle Dickerchen der Welt an Ringen hängen und er werde sie so lange mit einer essigbenetzten Speerspitze stechen, bis aus ihnen alle Fettschweinereien herausgeflossen seien. Sein Folterinstrument nannte er stolz »Ringe der Entfettung«.

Er war ein Kretin, und die ganze Schule wusste, dass er seine Frau mit einem Schaf betrog.

Als ich mit Schmerzen aus der Folterkammer zum Umkleideraum ging, vernahm ich durch den Türspalt der Mädchentoilette ein gedämpftes Schluchzen. In der Ecke des kleinen Raumes kauerte Alica. Sie weinte. Die Augenlider waren geschwollen, und das nasse Haar erinnerte an eine Muschel, die nicht besonders weit gekommen war. Ich wollte etwas sagen, aber es fiel mir nur ein unpassender Witz über zwei schwule Nilpferde ein, also schwieg ich lieber. Ich gab ihr ein Papiertaschentuch. Sie nahm es an und wischte sich das Gesicht ab. Es war verschmiert und dreckig und roch gut. Da läutete es zum Unterricht. Sie bemerkte meine Unsicherheit und flüsterte zittrig, ob ich tatsächlich den ganzen Heiligenkalender auswendig kenne. Ich nickte überrascht. Also wann, fragte sie, und trocknete sich die frischen Tränen mit ihrem Haar. Am 6. September, sagte ich verschämt und vernahm hinter der Tür das Getrampel von Gymnastikschuhen in Richtung Folterkammer. Die Magie war dahin, die Realität machte sich durch quietschende Gummisohlen und die Trillerpfeife des höllischen Turnlehrers bemerkbar. Es war mir klar, dass ich Alica nie mehr wiedersehen würde.

In dem Augenblick fühlte ich am Handgelenk eine heiße Berührung. Alica umwand mit ihren Fingern meine Haut und schnurrte wie ein Schmetterling. Sie stand neben mir, und die Bewegung, die sie mit ihrem duftenden Körper anstieß, ließ ihre Lippen zu meinem Ohr fliegen. Nach kurzer Stille, deren Puls ich auch im Schritt fühlte, öffnete sie den Mund und pflanzte Worte in meinen Kopf, dass ich mich nicht zu fürchten bräuchte. Sie wich einen Schritt zurück und kam mir gefühlte hundert Kilometer näher. Sie hob ihren Rock, spreizte die Schenkel und zeigte mir alle ihre Geheimnisse.

»Auch das ist keine Erzählung!«, schrie Kapia und warf mein Heft auf den Boden. »Denkst du, ich weiß nicht, was Weiber zwischen den Beinen haben?!«

Ich war verwirrt, wollte er doch eine Erzählung über ein Weib, und was ist weiblicher als ein Frauenschoß? Kapia zerbrach sich darüber sichtlich nicht den Kopf, es beschäftigte ihn mehr, ob nicht Kilimandscharo wieder in der Gegend herumschlich. Er steckte sich eine zerbrochene Zigarette in den Mund, blickte vor sich hin und erstarrte. Der Wind ließ nach, die Kälte wartete. Ich spürte, dass etwas passieren würde, etwas Großes und Schönes. Ich fixierte den Punkt auf dem See, der Kapias Aufmerksamkeit gefesselt hatte. Auf der eisbedeckten Oberfläche zitterte ein angefrorener weißer Schwan. Die dünnen Beine hafteten am See, der winzige Körper wogte auf und ab. Irgendwo unter dem Federkleid pfiff unentwegt sein Herz wie ein Teekessel in Polichno. In meinem ganzen Leben habe ich nichts Wunderbareres gesehen. Kapia sah mich an wie ein Kind, spuckte aus und zog sein Messer hervor.

»Das wird eine Erzählung«, sagte er und schritt zum See.

3

Weihnachtstag

Als wir aufbrachen, schliefen alle noch.

»Wenn du der Erste sein willst, musst du früher als die anderen aufstehen. Du gehst pinkeln, auch wenn du nicht musst, und knöpfst dir das Hemd bis zum Hals zu. Die Welt wird dich ernst nehmen.« Das sagte mein Vater jeden Abend, wenn er seinen Schnurrbart stutzte. Seine Achseln waren schwarz, die Backen rot und die Stimme weich wie Sand im Schuh. Ich glaubte ihm. Er war ein ehrlicher Mensch. Die Leute sagten, ich hätte von ihm alles geerbt, was möglich war. Die Augen, den Geruch und den Gang. Beim Gehen zog es uns immer ostwärts, nach Fiľakovo.

Auch heute ist er mein Vater, und ich bin sein Sohn.

Die Straßen waren still und unentschlossen. Die Nacht ging langsam in den Tag über, und die Straßenhunde träumten von warmem Katzengulasch. Über der verschlossenen Tür der Schenke *Zum traurigen Schluckspecht* blinkte eine rosa Weihnachtsbeleuchtung, die man selbst in Poltár belächeln würde. Der fallende Schnee bedeckte die Kirche, das Freudenhaus und das Grab von Božena Slančíková-Timrava, von der nur die übergroße, von Einsamkeit und Hruškovica zerfressene Nase unter der weißen Bettdecke hervorlugte. Das einzig Feste war der Nebel. Dicht und schwer, über die Landschaft verteilt wie Krapfenteig.

Vater fuhr und rauchte. Als ich ein Croissant mit Frischkäse und festgeklebter Serviette hervorzog, riss er es mir sofort aus der Hand und warf es aus dem Fenster. »Ein Jäger muss nüchtern sein«, sagte er und strich mir über das Haar. Enttäuscht nickte ich und stellte mir ein mit Presswurst möbliertes Zimmer vor. Mit knurrendem Magen drückte ich die Nase gegen die kalte Scheibe und beobachtete die Ausläufer der südlichen Stadt. Die Morgendämmerung, die sich über das Land ausbreitete, enthüllte Bäume, Steine, Bäche, Hänge und die ersten Krähen, die über uns und Vaters Gewehr auf dem Rücksitz tuschelten.

Es ist eine alte Weihnachtstradition.

Vater stammte aus Nitra. Als er sechs war, begann ihm der erste Schnurrbart zu wachsen. Oma sagte, es handle sich um ein Familienerbe. Ihr Vater, mein Urgroßvater, hatte angeblich einen Schnauzbart bis zu den Eiern. Deshalb musste sich Vater seit seinem sechsten Lebensjahr rasieren, manchmal sogar zweimal täglich. Auch jetzt, da sich die Asphaltstraße in eine weiche, mit flauschigem Moos und Eichhörnchenurin überzogene Decke verwandelte, hielt er mit einer Hand das Lenkrad und rasierte sich mit der anderen. Trocken und glatt. Er hatte es einfach im Griff, genauso wie Kapia, der nach einem Monat harten Drills gelernt hatte, das Häutchen an seinem Pimmel langzuziehen.

»Amateure«, seufzte Vater, als wir an einem blauen Fahrzeug, das am Waldrand abgestellt war, vorbeifuhren. Nur ein unerfahrener Dummkopf parkt bei den ersten Bäumen, die er erblickt, und durchkämmt dann den ganzen Tag den Wald wie ein Landloser. »Aber wir«, fuhr er fort und tätschelte meine Schulter, »wir sind Profis. Wir wissen Bescheid. Heute kriegen wir das Schwein, Söhnchen!« Dann grinste er, nahm den Rosenkranz vom Rückspiegel und warf ihn ins Handschuhfach voller Landkarten und Patronen. Er blickte auf die Straße, die sich vor uns entkleidete und ihre gefrorenen Gliedmaßen offenbarte. Wir waren einige Kilometer hinter Polichno und wussten beide, dass wir heute Christus nicht brauchen würden.

Wir stellten das Auto im dichten Unterholz ab, und ein paar aufgeschreckte Vögel flogen davon. Mein erster Kontakt mit dem Wald hatte eine braune Farbe und roch nach Eicheln. »Die Scheiße kann nur vom goldenen Schwein stammen«, konstatierte Vater, als er sich zum entdeckten Schatz niederkauerte, aus dem noch warmer Dampf aufstieg.

»Es wird nicht weit sein«, fügte er hinzu und steckte furchtlos den Finger in Herrn Ebers Stuhl.

Die Legende vom mythischen Schwein, dessen Körper mit goldenen Schuppen bedeckt ist, stammt aus den Zeiten, als Lošonc von türkischen Heerscharen niedergebrannt wurde. Zahlreiche Zeugnisse von Bauern beschrieben ein sonderbares Wesen, das sich zwischen abgenagten Bäumen herumstiehlt, sich von Eicheln und kleinen Kindern ernährt und durch Teilung fortpflanzt. Schriftlichen Quellen zufolge taucht das Wesen nur am Weihnachtstag auf. Nach Jahren entstand aus der Spukgestalt, der die Lošoncer die Größe einer Gottheit zuschrieben, eine Mär für böse Kinder und Trinker mit hellseherischen Fähigkeiten. Der Aberglaube nahm vor einigen Jahren reale Konturen an, als der Feldscher Klbáska in den Wäldern bei Polichno von einem Tier mit glitzerndem Fell und Hauern angefallen wurde, die schärfer als die stärkste Peperoncinosorte des örtlichen Adligen Gusto von Fenek waren. Man fand Klbáska kopfüber am Baum hängend, die Augen schreckerfüllt, und aus seinem Hintern spritzte Blut. Seitdem versammeln sich an Weihnachten in diesem Revier Jäger, denen die Vision von einer mythischen Trophäe und unendlichem Ruhm vor Augen schwebt. Aber noch nie hat jemand das goldene Schwein erlegt.

Das Licht wurde langsam weicher, durch die dicken Baumkronen fiel uns ein neuer Tag in die Hände. Vater schwang sich das riesige Jagdgewehr über die Schulter, das ihm sein Vater geschenkt hatte, und mir drückte er eine Spielzeugpistole in die Hände. Auf die Frage, wann ich so eine Flinte wie er haben würde, antwortete er schroff: »Wenn du einen Waffenschein hast.«

»Und wann wirst du einen Waffenschein haben, Papi?«

Anstelle einer Antwort befeuchtete er seinen Zeigefinger und hielt ihn in den Wind. Er wartete. Die Stille, die sich vom Wald her ausbreitete, störte ihn. Er lauschte den Bäumen, lauschte den Flüssen, las die Signale der Natur und nickte dem Windhauch zu, der uns den Weg wies. Er war ein Kerl, wie ich einer sein will, wenn ich einmal groß bin.

Laut Vater waren wir im Wald alleine. Laut mir trafen wir unterwegs mindestens drei Gruppen von Jägern, die sich durch die Schneewehen stahlen oder auf den knarrenden Hochsitzen duckten. Er sagte, das seien keine Jäger, sondern betrunkene Entomologen. Ich verstand es nicht, schwieg aber weiter und folgte seinen bedächtigen Schritten ins Waldesinnere. Als er auf einmal Spuren entdeckte, die einzig dem goldenen Schwein gehören konnten, durchfuhr eine Welle der Erregung seinen Körper. Die Fährte führte uns zu einer unauffälligen Lichtung, die sich zwischen einem Schneebusen duckte. Unter der dünnen Eisschicht säuselte die Stimme des Baches, ruhig und ungestört, als ob ihn die Kälte um uns herum gar nicht kümmerte. Die Bäume sprachen die Erde mit fallenden Blättern an, und die kalte Luft war brüchig wie ein Zigeunerzaun. Ein schöner Ort. Vater verstreute ringsherum Eicheln und befahl zu warten.

Wir warteten. Aus unseren Mündern kam Dampf und aus unseren Bäuchen das Seufzen der Leere. Vater flüsterte mir zu, wir müssten stark sein. »Nur Hungrige werden das echte goldene Schwein sehen. Alles andere ist eine Illusion, denk daran!« Dann fügte er hinzu, dass, wenn wir aus diesem Wald herauskämen, ich ein Kerl sein würde. Ein richtiger Mann, der sich einzig vor seinem eigenen Hochmut und seiner Frau fürchtet. Als er sah, wie ich am Zweig einer winzigen Birke knabberte, wurde ihm bewusst, dass ich ihm nicht zugehört hatte. Er stand auf, fing mit schneller Bewegung einen der blauen Schmetterlinge, die über dem gefrorenen Bach umherflogen, röstete ihn über der Flamme des Feuerzeugs und gab ihn mir mit den Worten, dies sei zwar keine Mozartkugel, enthalte aber jede Menge Kalzium.

Aus dem Wald drang ein undeutliches Geräusch zu uns, vermutlich von einem geknickten Ast oder einem abgebrochenen Eiszapfen, doch für Vater war das ein klares feindliches Signal. Er duckte sich jäh und bedeutete mir mit dem Finger auf den Lippen, die Klappe zu halten. »Du hast ein Pistölchen, lauere«, flüsterte er und hielt den Atem an. Er nahm das Gewehr von der Schulter und richtete das Ohr zum belebten Wald.

Auf einmal brach die Eisschicht auf dem Bach unter dem Druck eines Männerschuhs. Das Krachen, das sich mit einem ausgeprägten Widerhall im Wald ausbreitete, führte bei einem der blauen Schmetterlinge einen jähen Infarkt herbei. Seine Flügelchen erstarrten im letzten Krampf, und der kleine Körper fiel auf die weiße Erde. Die Hinterbliebenen kreisten eine Weile über dem Verschiedenen und verloren sich dann im Licht. Das Geräusch verstörte auch uns, wir horchten auf und sahen einen Mann mit einer Pelzmütze auf dem Kopf, der sich den Weg durch den kleinen Bach verkürzte.

Der Mann blieb stehen, öffnete den Hosenschlitz und fing an zu pinkeln. Er summte eine Weihnachtsmelodie, hatte ein Jagdgewehr umgehängt und hielt in der freien Hand eine halbleere Flasche hausgemachten Kirschbranntweins. Seine wackeligen Bewegungen und sein armselig versoffener Bariton ließen keine Zweifel daran, dass er aus Lentvora stammte. Die Jäger, die aus diesem urwüchsigen Dörfchen zur Hetze zusammenkamen, waren dafür bekannt, dass sie nie nüchtern jagten. Der Kerl schüttelte ein letztes Mal seinen Pinsel, wobei ihm ein paar Tropfen auf die abgewetzte Schuhspitze fielen, und ging. Als er zwischen den Bäumen verschwunden war, legte Vater das Gewehr ab und zündete sich eine Zigarette an. Er schwieg. Seine Hände zitterten, und der Rauch umkreiste die aus dem Schnee ragenden Äste. »Solche Menschen verdienen das goldene Schwein nicht, Söhnchen«, flüsterte er und deutete mit dem Finger nach Osten.

Die Zeit war fortgeschritten, und wir wateten durch den Wald. Der Schnee wurde tiefer und tiefer, und die Landschaft um uns herum gab immer eindringlicher zu erkennen, dass wir hier nicht willkommen waren. Ich dachte an den Kartoffelsalat, den Mutter just in diesem Augenblick in einer großen Tonschüssel umrührte. Ich sah das Herausnehmen winziger Gräten aus dem Karpfenkörper, das Spülen in Milch und das Beträufeln mit Zitronensaft. Ich hörte das brutzelnde Öl, welches das weiche Fleisch verdichtete, und in die Nasenlöcher stieg mir der Geruch blubbernder Kohlsuppe, in der sich Würstchen drehten, jauchzten und Pirouetten machten wie Kunstschwimmerinnen in einem Regenwasserbad. Ich war übervoll mit Bildern von Essen und Gerüchen, die wie Blei an meinen Fußsohlen und Brustwarzen zu hängen schienen.

Vater teilte meine schmerzhaften Gedankengänge nicht. Er war entschlossen, das goldene Schwein bis ans Ende der Welt zu hetzen und ihm eine Kugel in die Stirn zu jagen.

Der Wind, der uns bis jetzt nachgefolgt war, erhob sich und fegte mir das Pistölchen aus der Hand. Ich wollte es auffangen, aber es war schon zu spät. Ich schaute Vater an, er starrte in die Ferne. Seine Bewegungslosigkeit wurde nur durch ein unmerkliches Lächeln unterbrochen, das seinem geröteten Gesicht eine pure kindliche Freude verlieh. Zwischen weißen Bäumen stand das goldene Schwein. Es drückte den dicken Hals in den Boden und schaufelte gefrorene Eicheln ins Maul. Der starke Körper war von einem goldenen Fell bedeckt, das von Erde und nassem Schnee verdreckt war. Aus den Nasenlöchern dampfte es, und der Kiefer spannte und entspannte sich beim Zerdrücken der harten Früchte. Im Augenblick, als das sagenhafte Wesen den Kopf hob und mir in die Augen schaute, wussten wir beide, dass wir keine Feinde sind.

Vater war anderer Meinung. Er umschloss das Gewehr fest und zielte. Ich wollte etwas tun, egal was, alles stehen und liegen lassen und nach Hause gehen, in die Wärme, unter den Weihnachtsbaum mit rauchenden Socken auf dem Ziegelkamin. Aber ich blieb stehen. Ich lockerte die Finger und wartete. Ich wusste: Würde Vater abdrücken, wäre meine Kindheit zu Ende.

Durch den Wald unweit von Polichno ertönte ein Schuss.

Das goldene Schwein schaute Vater an und verschwand im Gedärm des Waldes. Vater blickte verständnislos um sich. Aus der Ferne drang Johlen und Geschrei zu uns, gefolgt von zwei Gruppen betrunkener Jäger, die torkelnd dem Schwein nachrannten. Der letzte war Onkel Konárik, der älteste Dissident im Südland und ein berühmter Vinylplattensammler. Mit einem Grammofon auf dem Rücken, aus dem eine knisternde Version von *Stille Nacht* herauskam, hopste er in beschwipstem Galopp der Beute hinterher. Vater zögerte nicht und rannte in dieselbe Richtung los. Der goldene Aberglaube, der in den tiefen Wald entfloh, gab ihm so viel Energie und Glauben, dass er vergaß, dass ich sein Sohn bin. Als er außer Sichtweite war, zog ich meine dicken Handschuhe aus und untersuchte mit dem Finger die Gewinde meines rechten Nasenlochs.

Aha, Weihnachtsrotz!

Kurz darauf hatte ich eine außergewöhnliche Eingebung. Es war das Wissen, dass ich zum Bergkamm hochmusste, wo die Bäume sich zu schwarzen Luftknäueln verdichteten. Dorthin, wo die Konturen der Landschaft in reine weiße Farbe übergingen und das Nichts seinen letzten Willen in die Erde legte. An jenen Ort rief mich ein seltsames Gefühl, eine leise Stimme des Waldes unweit von Polichno. Etwas Ähnliches erlebte ich viele Jahre später, als ich Veronika begegnete. Aber das ist eine andere Geschichte.

Ich brach in jene Richtung auf und blieb nach einigen Metern in einer tiefen Schneebrühe stecken. Ich ruderte mit Armen und Beinen, als würde ich schwimmen, bis ich an die Bergkante gelangt war, die steil zum Eingang einer winzigen Höhle abfiel. Die schwarze Öffnung, die sich auf der breiten Fläche aus Eis und Bäumen abzeichnete, wirkte wie ein Märchentor. In der Höhle breitete sich endlose Dunkelheit aus. Dennoch wirkte sie nicht feindselig. Ich trat hinein, als ob es die natürlichste Sache der Welt wäre.

Langsam schritt ich den schmalen, felsigen Gang entlang, an den Wänden fühlte ich Feuchtigkeit und über dem Kopf den Druck der Winterlandschaft. Mein Vater lief unterdessen auf der Erdoberfläche umher und versuchte vergeblich, das mythische Tier zu erlegen, dessen Körper er seiner Frau noch warm und unbeweint heimbringen wollte. Und die betrunkenen Jäger aus der Gegend, denen *Stille Nacht* zum Laufschritt erklang, wateten durch den Schnee, während aus ihren zahnlückigen Mündern Schrot und Speichel fielen. Die mächtige Erde, der schmale Horizont und die Kronen untoter Bäume zitterten bei der Vorstellung, dass Menschen ein weiteres Geheimnis zerschinden könnten, die göttliche Kreatur mit goldenen Schuppen und einem Schwänzchen geringelt aus purer Liebe.

Nach einigen Metern führte der Gang in einen runden Raum mit hohem Gewölbe, durch das stückchenweise Tageslicht einfiel. Die Dunkelheit drückte nach oben, und das Licht verlieh dem steinigen Interieur Intimität. In dem Moment, als ich bei der Wand eine weiche Bewegung und ein feines Stimmchen vernahm, begriff ich alles. Das Rufen galt nicht mir, sondern der Mutter.

Im Dämmerlicht der Höhle kauerten sieben kleine goldene Schweinchen.

Die Neugeborenen zitterten und schmiegten sich aneinander, riefen und pfiffen wie ein kaputtes Glockenspiel. Sie waren zerbrechlich und blind, vor ein paar Tagen geboren, wie zufällig ins Licht geworfen. Ich zog die dicke Winterjacke aus und deckte damit sieben kleine Körperchen zu. Wenn wir uns das nächste Mal begegnen, werden meine Stimme, meine Hände und mein Gang männlich sein. Vielleicht habe ich dann auch ein Gewehr. Könntet ihr doch aus der Höhle herauskommen und spüren, dass der heutige Tag wie geschaffen ist für eine schöne Bescherung.

»Wie konnten dir Zigeuner die Jacke klauen?«, wunderte sich Vater, als wir mit dem Auto in die Zivilisation zurückkehrten. Ich zuckte mit den Schultern und biss mir auf die kalten Lippen. Vater schüttelte ungläubig den Kopf und zündete sich eine Zigarette an. Das Gewehr, das auf dem Rücksitz lag, war unbenutzt geblieben. Wieder war das goldene Schwein entkommen, und der Einzige, der von den Jägern eine Kugel abbekommen hatte, war Onkel Konárik. Doktor Böhl, ebenfalls Mitglied des betrunkenen Jagdkommandos, blickte auf dessen durchlöcherten linken Oberschenkel und konstatierte lachend, dass er nie mehr würde gehen können.

»Kopf hoch, es ist doch Weihnachten«, sagte Vater und hängte den Rosenkranz wieder an den Rückspiegel.

4

Die Geschichte
des Jagdmessers

Das Wesentliche an einem Jagdmesser ist seine Funktionalität. Die Klinge muss kurz und leicht gebogen sein, geeignet für Kaninchen und Hochwild. Die Schneide darf weder durch Steine noch durch Knochen abstumpfen. Zwischen den Kerben braucht es genügend Abstand, damit sich die Haut gut abziehen lässt und das Fleisch nicht reißt. Der feste und zugleich weiche Griff muss gut in der Hand liegen und soll kein Blut oder Gerüche toter Tiere auffangen. Ein Messer ist wie eine Femme fatale, für das ganze Leben.

»Du schwarze Missgeburt!«, schrie Kapia und drückte Maco Mamuko gegen die Wandtafel. Als er die Finger in den Hals seines Opfers bohrte, das keine Luft mehr bekam und die Ärmchen auseinanderwarf, zauberte ihm dies ein wunderbares Lächeln aufs Gesicht. In dieser Phase ließ er gewöhnlich seine Beute los, wartete, bis sie genügend frische Luft in ihr Maul bekommen hatte, und trat sie in den Hintern. Dann hob er triumphierend die Arme und gab sich dem jubelnden Beifall der ganzen Klasse hin.

Schwer zu sagen, woher diese aggressiven und tyrannischen Neigungen bei Kapia kamen, die er beinahe in jeder Pause unter Beweis stellte. Lange lebte ich im Irrglauben, dass es ihm einfach Spaß machte.

Seine Opfer behandelte er alle gleich. Er würgte, schlug, biss, bepinkelte und erniedrigte sie, unabhängig von Hautfarbe, el-

terlichem Wohlstand oder Geschlecht. Eine Ausnahme bildeten nur die Dienstage, da war Ruhe. Der Dienstag war in Kapias Familie heilig, weil es der Todestag seiner Großmutter war,
die ihrer einzigen Tochter ein Einfamilienhaus, drei Ziegen und
ein funktionsuntüchtiges Gewehr, mit dem sie während des
Slowakischen Nationalaufstandes auf deutsche Schönlinge ge-
schossen hatte, vermachte.

Einmal, als Kapia einen schwachen Moment hatte, weihte
er mich in seine Theorie über gute und schlechte Menschen
ein. Wenn er das linke Auge schließe, sehe er die Welt angeblich
anders. Der Raum verliere seine festen Konturen und beginne
zu verschwimmen, die Wände zerflössen und verbänden sich
zu sonderbaren Gebilden. Und dann, wenn sich das Bild vor
seinem offenen rechten Auge zu verändern anfange, sich um-
gestalte und verzerre, befalle ihn das seltsame Gefühl, in diese merkwürdige und verdrehte Welt nicht hineinzugehören.
Auf einmal stehe nicht er im Raum, sondern der Raum stehe in
ihm. Die Gegenstände, die sich um ihn herum befänden, dien-
ten nicht seinem Vergnügen, sondern er, Kapia mit einem zu-
sammengekniffenen Auge, gehöre ihnen. Er werde zu ihrem
Diener und lebenslangen Schuldner. Als er mir davon aufgeregt
erzählte, war er gereizt und unruhig. Zum ersten Mal verlor er
nämlich die Kontrolle über sein eigenes Leben.

Genauso war es auch mit den Menschen. Wenn er das linke Auge schloss, fingen die Menschen in seinem Blickfeld an,
sich zu verändern, und ihre Körper machten eine unglaubliche
physische Degeneration durch. Diese Wesen erinnerten Kapia
durch ihre unablässige Bewegung und die Unbeständigkeit ihrer Form an lodernde Flammen. Er nannte sie brennende Menschen. Sie waren herrschsüchtig, hinterlistig und böse, und jedes Mal, wenn Kapia das linke Auge schloss und die Welt um
sich herum betrachtete, vermochte er das Wesen eines jeden

zu bestimmen. Wessen Gestalt sich mit zugekniffenem Auge nicht entstellte, war ein guter Mensch und brauchte nicht präventiv verprügelt zu werden. Gemäß dieser irren Theorie gab es in unserer Schule nur zwei gute Menschen – Alica und mich.

Seine magische Fähigkeit unterzog ich verschiedensten Tests. Wenn wir auf der Straße gingen und jemanden erblickten, der uns nicht passte, kniff Kapia ein Auge zu und stellte mit Bestimmtheit fest, ob es sich um einen guten oder schlechten Menschen handelte. Aber seine Gabe ermöglichte es ihm nicht, Details der Bosheit der betreffenden Person zu enthüllen: Er wusste nicht, ob derjenige seine Frau schlägt, im Keller seine minderjährige Tochter einsperrt oder Poltárer schwarze Magie mit kastrierten Erdmännchen und dem Blut eines rumänischen Einhorns praktiziert. Verständlicherweise verdrosch er nur Schwächere. Sein Verhalten beunruhigte mich nie. Einer trinkt, einer läuft nackt durchs Sonnenblumenfeld, und einer schlägt schlechte Menschen. Als ich ihn fragte, ob er sich jemals mit zusammengekniffenem Auge vor einen Spiegel gestellt habe, gab er keine Antwort.

Dann zeigte er mir das Messer.

Es war an meinem achten Geburtstag. Kapia schenkte mir einen Stein, den er unterwegs gefunden hatte, und ein Strähnchen Achselhaar seiner Schwester. Wir schauten *Geballte Ladung* mit Jean-Claude Van Damme, und Kapia stopfte sich mit Marzipantorte voll, weil seine Mutter Zucker hasste und in ihrem Haus nichts haben wollte, was diesen Samen Satans enthielt. Auf einmal blickte er mich verschwörerisch an und zog ein altes Jagdmesser hervor. Der Griff war mit abgewetztem braunen Leder überzogen, aus dem eine kurze lila Klinge mit gebogener Spitze herauskam. Die Innenseite der Klinge war trotz der Spuren der Zeit vollkommen scharf, die äußere hatte alle fünf Zentimeter Kerben. Kapia sagte, die sei für das Abziehen von Tierhaut. Pfui, dachte ich, meinen marzipanumhüllten Finger ableckend.

Am Ende des Griffs war in ein Metalltäfelchen ein Text eingeritzt: 1899, Óbuda.

Das Seltsamste aber war, dass das Messer einen eigenen Duft hatte. Es war nicht der Geruch von altem Stahl oder vom abgewetzten Ledergriff, sondern ein frischer Tritt in die Nasenkanälchen. Ganz genau, das alte Jagdmesser mit der lila Klinge duftete nach Lavendel.

Kapia hatte das Messer auf dem Dachboden in einem alten Lederkoffer gefunden, der seinem Urgroßvater gehört hatte, dem Großvater von Kapias Mutter. Er hatte ihn nie kennengelernt, da er unter ungeklärten Umständen im Jahr 1969 gestorben war. Es gab nicht einmal Fotografien von ihm. Kapias Mutter erzählte, Urgroßvater sei unglaublich hässlich gewesen, und kein Fotograf wollte sein Antlitz verewigen. Zwischen dem schütteren grauen Haarkranz hatte er eine Glatze gehabt, die von oben aussah wie ein Schwanz mit Eiern, die Lippen waren aufgedunsen, blau verfärbt, und die Stirn mehr hoch als breit gewesen. Deshalb hatten sich die Leute vor ihm gefürchtet und die eigene Frau ihn nur im Dunkeln geliebt. Kapia wusste, dass Mutters Apathie gegenüber der eigenen Familie und den Slowaken, die sie für ein Volk von Deppen und Dienern hielt, denen es unter den Fittichen des Königreichs Ungarn besser ergehen würde, manches Mal eine Verbiegung der Realität zur Folge hatte, deshalb dachte er über seinen Urgroßvater nur das Beste. Der Fund im alten Lederkoffer, der neben dem Messer auch einen verlausten Hut, Münzen und eine Blechdose voller Zähne umfasste, bestärkte den guten Enkel im Wissen um die Einzigartigkeit seines Vorfahren.

Seither gehörte das Messer zu Kapias fester Ausstattung. Er schlief mit ihm, nahm es in die Schule mit und in die Kirche, und wenn ihn jemand richtig erboste, holte er es hervor und kitzelte mit der scharfen Klinge sachte die Nase des Unglücklichen. Das Messer gab er nie aus der Hand. Er war überzeugt, dass irgendwo in jenem alten, verzogenen Leder, aus dem die gebogene Klinge wuchs, die Seele seines abstoßenden Urgroßvaters wohnte.

Am Anfang war der dicke Schmied Bálint.

Er lebte am Rande von Alt-Buda, damals ein Teil Budapests, und war so dick, dass er nicht gehen konnte. Das ganze Leben lag er auf einem riesigen Bett mit drei Matratzen und einem Loch für das große und kleine Geschäft. Das Bett hatte Räder, dank welcher sich Bálint im Haus und in der Stadt fortbewegen konnte. Er hatte riesige Titten, einen Wanst, der ihm die Sicht auf die Zehen versperrte, und drei Leidenschaften. Die erste war das Schmieden. Sein Vater war ein erklärter Schmied des Königreichs Ungarn, der die ganze Donaumonarchie mit Schwertern, Rüstungen und Vasen versorgte, aus denen später das Art déco hervorging. Zu seinen treuen Kunden zählte auch Franz Joseph. Der österreichische Kaiser und ungarische König hatte sich neben Waffen und Interieur im Geheimen ein stählernes Reifgestell für das Rokokogewand anfertigen lassen. Ferenc József hatte offensichtlich eine Schwäche für Frauenroben und schlüpfte regelmäßig in Ballkleider, schminkte sich die Lippen, schmückte den Kopf mit einer gepuderten Perücke und promenierte vor dem Spiegel in hohen Absätzen. Nachts streunte er verkleidet durch Wien oder die Gutsgärten von Gödöllő, pflegte gewählte Umgangsformen, schwang die Hüften und ließ sich mit Mademoiselle Jožka ansprechen.

Als die Kunde von der Obsession des Kaisers an die Öffentlichkeit drang, ließ František Jozef als Ersten ausgerechnet den Schmied köpfen. Er vermutete, dass der berühmte Handwerker sich an seiner Devianz zu bereichern sehnte. Als der Kaiser erfuhr, dass es seine zweitgeborene Tochter Gisela Louise Marie Erzherzogin von Österreich gewesen war, die die Information dem ersten europäischen Boulevardblatt *Österreich-Ungarn heute!* verkauft hatte, war es schon zu spät, der Kopf des Schmieds schwamm auf der Donau ins Schwarze Meer. Er hinterließ eine stumme Ehefrau und den siebenjährigen Sohn Bálint. Das Schuldgefühl brachte Franz Joseph dazu, den Hinterbliebenen neben dem Beileidsspruch auch einen lebenslangen Vorrat der weltberühmten österreichischen Pralinen Johannes W. Krügers zu schenken. Und so stieß zur armen Familie, die am Rande von Alt-Buda lebte, jeden Monat ein mit Zuckerwaren beladener Waggon. Bálint, der die Pralinen zum Frühstück, Mittag- und Abendessen konsumierte, erhielt nach Erlangung der Volljährigkeit den Titel des dicksten Mannes der Welt. Er wog beachtliche achthundertacht Kilogramm, und wenn ein Schmetterling versuchte, seinen aufgegangenen Körper zu umfliegen, krepierte er auf halbem Weg.

Bálints dritte Leidenschaft war neben dem Schmieden und den Rumpralinen das Verfassen von Liebesbriefen. Er liebte alle Frauen der Welt, aber keine wollte ihn. Er zog sich ins Halbdunkel der Schmiede zurück und schickte jedem Fräulein in Budapest einen Liebesbrief. Nur eine schrieb ihm zurück. Sie hieß Matilda Kristóf und war die einzige Nachfahrin des namhaften ungarischen Balletttänzers Edgar F. Kristóf.

Nach zwei Jahren intimer Korrespondenz schrieb Matilda, sie wolle ihn sehen.

Die Mutter badete Bálint noch am selben Tag, schnitt ihm Haar und Nägel und nähte aus zwölf Manchesteranzügen einen vortrefflichen Smoking. Das Bett auf Rädern schmückten sie mit Rosen und verwandelten es in ein mobiles Liebesgefährt. Es fehlte nur noch etwas, ein Geschenk für den künftigen Schwiegervater. Bálint wusste, dass Matildas Vater ein Jagdliebhaber war, und wenn ihm etwas mehr Freude bereitete als ein Pas de chat vor vollem Auditorium, so war es das Abziehen der Haut geschossener Tiere. Deshalb hatte er sich für einen Monat in der Schmiede eingeschlossen und sich an die Fertigung eines Jagdmessers gemacht. Er wünschte sich ein vollkommenes Geschenk, das des Schwiegervaters Herz und Matildas Schenkel öffnen würde, und so mischte er dem geschmolzenen Stahl zerdrückten Lavendel und Amethystpulver bei, das in der Gegend um Miskolc abgebaut wurde.

Bálint rollte langsam auf dem blumengeschmückten Bett über das Kopfsteinpflaster und spürte, dass sein Tag gekommen war. Er hielt vor einem Barockschlösschen an und brüllte den Namen seiner Liebe in den weiten ungarischen Himmel. In der rechten Hand einen Strauß mit neunundneunzig roten Rosen und in der anderen das lila Jagdmesser. Auf einmal erschien auf dem mit Efeu und Pelargonien bewachsenen Balkon Matilda in einem langen weißen Kleid. Sie war wunderschön wie eine maßgefertigte Keramikpuppe, das goldene Haar reichte ihr bis zu den Knien, und das symmetrische Gesicht war übersät mit Sommersprossen. Es war eine Frau, für die es sich zu sterben lohnte. Sie warf das Haar zurück und blickte Bálint schelmisch an, der auf dem beräderten Bett unter ihrem Balkon geiferte. Sie schauten einander ein paar unendliche Minuten lang an, tauschten verliebte Blicke aus, die sie sich so viele Male in ihren Briefen vorgestellt hatten, und jetzt, da sie vom gemeinsamen Leben nur wenige Meter trennten, schwiegen sie und schwiegen.

Da fiel Matilda in Ohnmacht.

Nach einer Weile erschien auf dem Balkon Matildas Vater, nahm die kraftlose Tochter in die Arme und verwünschte den dicken Werber bis ans Ende aller Tage. Er vollführte eine dramatische Drehung auf den Zehenspitzen und verschwand hinter der Tür. Wenn Bálint gewusst hätte, dass Matilda ins Koma gefallen war, aus dem sie nie mehr aufwachen würde, wäre er noch zermürbter gewesen und hätte seine verzweifelte Tat nicht eine halbe Stunde später, sondern sofort vollzogen. Er hätte zuvor im Wirtshaus beim alten Bence keinen durchgebratenen Kalbsrücken mit Zwetschgen und Rhabarber bestellt, hätte nicht einen Halbliter süßes dunkles Bier getrunken und dem Ober kein unmoralisches Trinkgeld gelassen. Er hätte das fahrbare Bett nicht auf der Brücke über der Donau abgestellt, hätte sein Hemd nicht aufgeknöpft und sich das handgefertigte Jagdmesser, das ein vollkommenes Geschenk für den künftigen Schwiegervater hätte sein sollen, in den Hals gestopft. Er wäre nicht in die sanften Wellen des Flusses niedergestürzt, und sein Körper, der den stolzen Titel des schwersten Körpers der Welt trug, wäre nicht in der Donau auf Grund gelaufen.

Aber es geschah.

Als nach drei Tagen ein versoffener Fischer am Ufer der Donau den leblosen Körper entdeckte, hielt er ihn für einen Schwertwal. Der Pathologe, der den Ertrunkenen aufschnitt, arbeitete schon ganze vierzig Jahre im gleichen Krankenhaus. Dabei hätte er Taucher, Anwalt oder Florist sein können. Aber Familie ist starker Tobak: Der Großvater war Pathologe, der Vater war Pathologe, und wäre der einzige Sohn nicht Pathologe geworden, so wäre der pathologische Wissensfaden gerissen und die Welt der Pathologen untergegangen. In all den Jahren sah er eine kubanische Zigarre in der eustachischen Röhre, einen Kindersocken im Dickdarm und einen Aal im Harnleiter, der sogar noch lebte. Aber als er den dicken Verstorbenen öffnete, an dessen großem Zeh ein Zettel mit der Kennzeichnung F379 hing, nahm er die Kunststoffbrille ab und nickte anerkennend.

Das lila Messer versteckte er in einem Schränkchen und erzählte vom Fund keiner Menschenseele. Als ihn die Gewissensbisse zu plagen begannen, beruhigte er sich bei der Vorstellung, dass er eines Tages einen Seelenverwandten treffen würde, vielleicht Juditka von der Inneren, und dass sie einen wunderschönen Sohn zeugen würden, der zum achtzehnten Geburtstag vom Vater ein Jagdmesser bekäme. Mit dieser Vorstellung schlief der Pathologe jede Nacht ein bis zu dem Augenblick, als man ihm den verdammten alten Rheumatiker auf den Tisch legte.

In der Akte stand, dass ihm das Herz stehengeblieben war. Der alte Witwer hatte am Morgen die Zeitung holen wollen und war nie zurückgekehrt. Der Arme, sagte sich der Pathologe und bereitete sich auf die Obduktion vor, er wird die Resultate der ungarischen Lotterie nie erfahren, auch den Ausgang des Skandals um Horthys Treulosigkeit nicht. Da fiel ihm ein, dass er die Tagespresse noch nicht gelesen hatte, also setzte er seinen Hut auf und rannte zur nächsten Trafik. Der neue Todesfall, der unberührt auf dem Obduktionstisch liegengeblieben war, bewegte kurz darauf unmerklich die Finger.

Als der Pathologe zurückkam, traute er seinen Augen nicht. Der Körper des alten Rheumatikers war weg. In dem Augenblick nahm er aus der Ecke des Obduktionssaales eine Bewegung wahr, drehte sich um und erstarrte. Es war der Alte, der noch vor einer Weile auf seinem Tisch gelegen hatte. Über den nackten Körper hatte er ein weißes Laken geworfen, und am großen Zeh hing der Zettel. Der Pathologe blickte den wandelnden Geist kurz an, dann besann er sich, nahm aus dem Schränkchen die Waffe und erstach den wiedergeborenen Rheumatiker mit dem nach Lavendel duftenden Messer. Der Alte fiel zu Boden und starb erneut.

Der Amtsfehler, bei dem der herbeigerufene Arzt Bewusstlosigkeit mit Exitus verwechselt hatte, infolgedessen der nichtsahnende alte Herr im Obduktionssaal als Untoter erwacht war, wurde genauso schnell unter den Teppich gekehrt wie die Opiumkollapse der Neurochirurgen oder das Fleisch zweifelhafter Herkunft in den Krankenhausfrikadellen. Der Pathologe wurde entlassen, eröffnete in Pest einen Blumenladen, und das lila Messer warf er in einen Fuchsbau im Hunnenwald.

Dort lag es lange Jahre, bis es von einem zehnjährigen Mädchen mit grauen Haaren entdeckt wurde, das sich nach vielen Jahrzehnten als Alicas Urgroßmutter entpuppen sollte. Sie entfernte das Moos vom Messer, wickelte es in ein Tuch und schmuggelte es in das Lehmhaus am Waldrand, wo sie mit ihrem Vater lebte. Sie konnte schießen, Fallen bauen, Feuerstätten und Behausungen errichten, fischen und lesen. Als durch den Hunnenwald die Front des Ersten Weltkriegs stürmte, wurde der Vater in die österreichisch-ungarische Armee fortgeschleppt und das Mädchen in einem Kinderheim in der Nähe von Szolnok untergebracht. Tagsüber nähte es Schuhe für die Soldaten, und abends hörte es das gedämpfte Stöhnen des Betreuers Gusztáv, der seinen Pflegekindern mehr Aufmerksamkeit schenkte, als gesund und legal war.

Eines Nachts, als schwarze Wolken den Mond überdeckten und die deutschen Truppen sich den Weg zur Festung Verdun bahnten, vernahm die Jägerstochter das bekannte Türquietschen und Gusztávs Schritte. Als diese nicht verstummten, begriff sie, dass der eifrige Anstaltsmitarbeiter an Paulas und Rozálias Bett vorbeigegangen war und geradewegs auf sie zusteuerte. Sie hörte seinen erregten Atem, spürte, wie die Decke hochgehoben wurde und Finger über ihre gänsehautbedeckten Schenkel strichen. Als er sich zu ihr legte und seinen Hosenschlitz öffnete, zog sie das Jagdmesser unter dem Kissen hervor und stieß es ihm in die Brust. Gusztáv röchelte und ging in die Ewigkeit. Mit einer Erektion.

Das Mädchen flüchtete an jenem Abend aus dem Kinderheim und streifte einige Tage durch das kriegsgeschüttelte Königreich Ungarn. Es übernachtete in verfallenen Häusern und aß, was die Welt bot, von Leuchtkäfern über Gummi bis hin zu Eiersuppe mit einer dicken, gelblichen Haut. Als es zur Donau kam, wusste es, dass auf der anderen Seite die Welt neu und verzerrt war, herausgerissen aus dem Kontext der Alltäglichkeit und voller gefährlicher Stellen, Minenfelder und tiefer Schützengräben, wo sich ihr Vater und seinesgleichen duckten, nachdem ihnen eine Waffe in die Hände gelegt und zugeflüstert worden war: »Geh und sieh.«

Den Fährmann, einen mageren, großen Mann mit Krücken, bezahlte das Mädchen mit dem Einzigen, was es hatte. Das lila Jagdmesser wanderte in die Hände eines neuen Besitzers, und die Jägerstochter verschwand am anderen Ufer. Ihren Vater fand sie nie.

Noch am gleichen Abend wurde der Fährmann von einer Gruppe schiefäugiger Teufel überfallen. Der magere, große Mann schlug sich tapfer, er fuchtelte mit seiner Krücke und dem Jagdmesser herum und streckte zuletzt zwei gelbe Feinde nieder, bevor er als stolzer Mann im Kampf gegen die Übermacht sein Leben ließ. Der Jüngste der Gegner, Kürbis genannt, beerdigte den Fährmann in aller Ehre und eignete sich das Messer an. Die ursprüngliche Aufgabe der japanischen Soldaten, Mitglieder der geheimen Mission mit dem Namen »Károlys Waldhorn«, war das Attentat auf Karl I. in seiner Budapester Residenz. Als es schien, dass Japan mit Österreich-Ungarn ein geheimes Abkommen hinter dem Rücken Russlands, Frankreichs und Großbritanniens abschließen würde, verloren sie den Kontakt zur Basis.

Glücklicherweise hatten sie in ihrer Heimat wegen der geheimen Mission einen Spezialkurs absolviert, der fortgeschrittene Ungarischkenntnisse, regelmäßige Konsumation scharfer Speisen und eine Anleitung zum Flirten mit einem durchschnittlichen ungarischen Püppchen beinhaltete. Sie streiften durch Ungarn, lernten die örtliche Kultur kennen, schleppten die örtlichen Witwen ab, zechten, und wenn es unausweichlich war, erschossen sie jemanden. Das Nichtstun bewirkte nach ein paar Monaten, dass sie nicht mehr wussten, wer gegen wen kämpfte, wie sich die Frontlinie verschob und ob der Krieg nicht zufällig schon zu Ende war.

Als sie den Fährmann bemerkten, wollten sie ihn höflich nach dem Weg fragen sowie danach, was Biber in seiner Sprache hieße, denn ihr japanisch-ungarisches Wörterbuch umfasste nur die Ausdrücke Murmeltier und Iltis, aber der magere, große Mann mit den Krücken sah in den sich nähernden angetrunkenen Asiaten Feinde des Königreichs Ungarn und setzte sich zur Wehr.

Das Jagdmesser setzte die abenteuerliche Reise in der Hand von Kürbis fort bis zu dem Augenblick, als seine Einheit von deutschen Soldaten, die sich als Dorfbewohner verkleidet hatten, angegriffen wurde. Kürbis verteilte in seinem letzten Kampf einige Todesstöße und verschied durch die Hand des deutschen Burschen Lars Morgenstein, der dank seiner kantigen germanischen Züge ein entfernter Verwandter der Klassenlehrerin Hrachová hätte sein können. Das Versteck der deutschen Einheit wurde unmittelbar darauf von britischen Lufteinheiten bombardiert, und die flüchtenden geschniegelten Knaben wurden durch serbische Landstreitkräfte zerstreut. Lars entkam als Einziger und versteckte sich in einem verlassenen Haus am Rande von Baden in Österreich. Hier wartete er das Ende des Großen Krieges ab, schluckte die bittere Pille der Scham und änderte seinen Namen in Michael Böll. Dann emigrierte er mit dem gefälschten Ausweis eines österreichischen Juden nach Island. Am Sonntagsmarkt in Keflavík lernte er Anna Olaf Grímsdóttir kennen, die Tochter einer Kinderbuchautorin und eines protestantischen Pastors. Auf Jahr und Tag bekamen Michael und Anna die Zwillinge Åsa und Ida. Sie hatten ein schönes blaues Häuschen, eine Menge Katzen und einen Garten, durch dessen Mitte ein Fjord verlief.

Wie jeden Morgen setzte sich Michael auch an jenem Tag auf sein rotes Fahrrad, fuhr achtzehn Kilometer bis zum Hafen und bestieg sein kleines Fischerboot Hvítur Úlfur. Er ruderte weiter als gewöhnlich, und als er das Ufer aus dem Blickfeld verlor, warf er den Anker aus und steckte den Köder an den Haken. Michael hatte noch nicht einmal seine Zigarette fertig geraucht, schon zog er einen ansehnlichen Lachs aus dem Wasser. Er legte ihn aufs Eis, holte das lila Jagdmesser hervor und begann den Fisch auszunehmen. Da krümmte sich die Meeresoberfläche, und aus den Tiefen tauchte ein riesengroßes haariges Wesen auf. Es erinnerte an einen Berg Fleisch mit Sehnen, war übersät mit Muscheln, hatte ein Auge, spitze Ohren und hinter Korallenlippen versteckte schwarze Zähne. Sein Körper, zusammengesetzt aus einer aquamarinfarbenen Schlange, einem verwachsenen Kobold und einem zerschellten Wikingerschiff, war bedeckt mit blaugrauen Zotten, aus denen winzige Kalkmäander und mit vermoderten Fischen umwachsenes Gestein herausragten.

Bevor Michael, geboren als arisches Büblein Lars, bewusst wurde, dass er den mythischen Meerestroll Onibaba sah, öffnete das Wesen sein verwachsenes Maul und verschluckte das Fischerboot so, wie der dicke Schmied Bálint Rumpralinen zu verschlingen gepflegt hatte. Onibaba verschwand in den Tiefen, und auf der Oberfläche des Nordmeers breitete sich Ruhe aus.

Der gute Ehemann und Vater zweier Kinder, der mit Glück

den Weg durch den Verdauungstrakt des Meerestrolls überlebte und schließlich im riesigen, an das Lošoncer Kulturhaus erinnernden Magen ankam, erstickte nach drei Tagen. Als er zum letzten Mal ausatmete, schrie dort draußen gerade der großgewachsene bärtige Arne, Kapitän des Fischerbootes des Königreichs Dänemark, seine Mannschaft an, in der Annahme, sie seien auf einen Eisberg aufgelaufen. Als sie merkten, dass es sich um ein Meeresungeheuer handelte, zückten sie ihre Harpunen und töteten das Untier.

Einfach so, wie Jean-Claude Van Damme.

Den Riesenkörper zogen sie in den Hafen des Städtchens Klitmøller, machten einige Fotografien und begannen ihn zu tranchieren. Der menschliche Körper im Magen des Trolls überraschte niemanden, umso größer aber war die Aufregung beim Fund des Jagdmessers, das der Verschiedene mit seiner Hand umklammerte. Am Schatz bekundeten Kapitän Arne und Schiffsoffizier Mort Interesse. Als die Diplomatie versagte, die in Fischerkreisen ohnehin nie in Mode gewesen war, lieferten sich die Männer einen Faustkampf, an dessen Ende der Kapitän das Jagdmesser ins Herz seines Gegners stach. Den Sieg und den Fang feierte er gehörig mit Schnaps und verlor das Messer unmittelbar danach beim Kartenspiel.

Nach Ausbruch des Zweiten Weltkriegs wurde der berühmte bulgarische Kartenspieler Žaro an die Front einberufen und schlachtete mit dem lila Messer in der Hand russische Frontkämpfer ab. Im Leben hatte er viel gesehen, war lange Jahre in Europa umhergereist und hatte beim Kartenspielen Pechvögel ihrer Schätze beraubt. Aber als er in jener Nacht irgendwo in der sibirischen Steppe einen Mann mit aufgedunsenen blauen Lippen und einer hohen Stirn sah, wusste er, dass er gerade den hässlichsten Kerl der Welt anblickte. Da verpasste ihm die Missgestalt eine Kugel ins Auge, und das Jagdmesser geriet nach einem beschwerlichen Weg quer durch Ungarn, Island und das Nordmeer endlich in die Hände von Imrich, Kapias Urgroßvater.

Aus dem Messer mit der lila Klinge und dem Duft von Lavendel, mit dem der hässliche Mann mit der Frisur eines Pädophilen den Nazis Hälse durchschnitt und sich als Skalp ihre Weisheitszähne nahm, wurde eine Legende, die sich in kalten Schützengräben russische, amerikanische und deutsche Soldaten flüsternd erzählten. Man sprach von Tausenden arischen Skalpen, aber die tatsächliche Zahl kannte nur einer. Später, als die deutschen Truppen den Slowakischen Nationalaufstand niederschlugen, verschob er sich mit weiteren Hunderten Partisanen in die Wälder der Karpaten. Über Imrichs Tapferkeit und Erbarmungslosigkeit gegenüber den Nazisoldaten, aber vor allem über seine Hässlichkeit schrieb in seinen Tagebüchern auch General Ján Golian.

Kapias Urgroßvater sollte sich sogar am Attentat auf den Reichsprotektor Reinhard Heydrich beteiligen. Die Operation, die sieben Monate lang unter der Aufsicht der amerikanischen Armee vorbereitet wurde, trug den Arbeitstitel »Zirkus« und sollte unter Beteiligung dressierter Ratten, einer Zwergprostituierten und eines Zuhälters mit Imrichs Gesicht stattfinden. Ein paar Tage vor Beginn der Aktion bekam der Protektor jedoch braune Syphilis zweiten Grades und sagte alle geplanten Liebesvergnügungen ab. Und so erhielt der Ersatzplan »Anthropoid« grünes Licht, und Imrich wurde durch seinen engen Freund Jan Kubiš ersetzt.

Nach Heydrichs Tod fiel das Dritte Reich in sich zusammen wie ein Kartenhaus, und das Kriegsende stand vor der Tür. Als der hässliche Imrich mit verdrehten Eingeweiden in einem Feldlazarett landete, wo er Piroška begegnete, einer schüchternen Krankenschwester und Kapias künftiger Urgroßmutter, war es vollbracht. Sie zogen nach Lošonc, bauten ein Haus und zeugten Károly und Etela, Kapias Großmutter. Sie führten eine typische Lošoncer Ehe. Sie liebten sich, stritten und schlugen sich, manchmal alles gleichzeitig.

Als der bekannte Poltárer Zirkus nach Lošonc kam, erlag Imrich dem Charme der schnurrbärtigen Diva Marína und verließ Piroška. Alle Erinnerungen an das vergangene Leben packte er in einen Lederkoffer und versteckte diesen mitsamt dem alten Jagdmesser auf dem Dachboden. Er schrieb einen Abschiedsbrief und begab sich mit dem Zirkus auf Weltreise. Dank seines hässlichen Gesichts bekam er den Spitznamen Elefántember, Elefantenmensch. Seither hörte niemand mehr von ihm.

»Du Trottel, verstehst du, was das heißt?«, fragte Kapia erregt, als wir am Ende der Geschichte des Jagdmessers angelangt waren. Ich schrieb alles sorgfältig ins Heft und schaute auf die Uhr, die an der Wand unseres unterirdischen Verstecks angenagelt war.

»Dass es Abend wird und ich vom Vater Prügel bekomme?«

»Jeder, der das Messer besaß, hat jemanden getötet«, flüsterte er und zog an der zerbrochenen Zigarette.

»Es ist bloß ein Märchen, mein Freund, nichts weiter.« Ich klopfte Kapia auf die Schulter und machte Anstalten zu gehen. Da bemerkte ich seinen verträumten Blick, den er auf die Lavendelklinge richtete.

»Lassen wir uns überraschen«, sagte er und lächelte so, dass ich nicht anders konnte, als ihn zu lieben.

5

Stalins Kerzen

Vom alten Jahr verabschiedete ich mich mit Fieber.

Meine Backen waren heiß und mein Rotz so dick, dass beim Schnäuzen die Fensterscheibe meines Kinderzimmers zu Bruch ging. Meine Augen tränten, und die Brust brannte wie Rauch, der im Kamin hängen geblieben war. Großmutter machte mir eiskalte Wickel und kontrollierte alle fünfzehn Minuten, ob ich noch am Leben war.

Damals gab es in Lošonc keine Apotheken. Heute sind es über dreißig.

Großmutter hatte in jedem Zimmer des Einfamilienhauses ein Fläschchen Franzbranntwein. Jahr für Jahr bestrich sie damit die Wände und Ecken der Räume, um die bösen Lošoncer Geister zu vertreiben. Und so rieb sie auch meine fiebrigen Schläfen und die Brust mit der stinkenden Flüssigkeit ein und strich mit den harten Fingern über meine glühende Stirn. Ich hatte eine seltsame Spannung im Magen und unter meinen Augenlidern eine pulsierende Finsternis. Vermutlich würde ich das neue Jahr nicht mehr erleben.

Glücklicherweise war die Wirklichkeit prosaischer. Ich war vom Franzbranntwein besoffen wie ein Pferd.

Meine Eltern beschlossen, dass es das alte Jahr wert war, auf dem Hauptplatz unter freiem Nachthimmel verabschiedet zu werden bei einem ärmlichen Feuerwerk, wofür der örtliche Brandstifter Karči Kákoš zuständig war. Alle nannten ihn Däumling, weil ihm beide Daumen fehlten, die er während seiner langjährigen Rackerei im Sägewerk verloren hatte. Er war vernarrt in Sprengstoffe, und es ging das Gerücht um, er habe vor Jahren das Feinkostgeschäft in Fiľakovo in die Luft gejagt. Es dauerte einige Monate, bis die Burg Fiľakovo vom versprengten Russischen Salat gereinigt war. Die Knallkörper, die alljährlich den mitternächtlichen Himmel bespuckten, waren meist einen Dreck wert. Es war kein Geld da, und wenn welches da war, wurde es abgestaubt. Dafür aber kam es vor, dass irgendein betrunkener Pechvogel während des Feuerwerks ein Auge oder eine Extremität verlor. Überall spritzte Blut, die alten Weiber bekreuzigten sich, und am Firmament gingen winzige farbige Pusteblumen auf.

Silvester in Lošonc war wie eine Pralinenschachtel: Jede Praline hatte einen anderen Mangel.

Meine Eltern nahmen Champagner, Pogatschen und Opa mit und brachen in die Stadt zum Bašavel-Fest auf. Mein Bruder betrank sich mit Freunden auf der Datscha über der Stadt, und Kapia verbrachte Szilveszter mit seiner Mutter in den Thermalbädern auf der ungarischen Seite. Als er zurückkam, fluchte er, dass er in seinem Leben keinen einzigen alten Hängehintern mehr sehen wolle. Altersdurchschnitt zwischen hundert Jahren und Tod, höllisch geschnittene Badehosen und herausquellende Hoden. Der einzige Lichtblick für ihn war der Moment, als den Angestellten der Therme bewusst wurde, dass der Greis, der drei Tage und drei Nächte im Heilerdebad gesessen hatte, tot war. Als sie ihn herauszogen, sah der untere Teil seines Rumpfes angeblich wie ein polnisches Karamellbonbon aus.

Alle waren irgendwo, hier und dort und weit fort.

Nur ich wartete auf die Ankunft des neuen Jahres unter einer dicken Decke, von Kopf bis Fuß mit Franzbranntwein eingerieben und mit Fieber, das Richtung vierzig kletterte. Ich wollte aus dem Bett springen, den verschwitzten Pyjama ausziehen und durch das Badezimmerfenster flüchten. Mit Kapia die Vitragen der Kirche einschlagen und mit dem Fernglas Alica beobachten, die im Dämmerlicht des Kinderzimmers *20 000 Meilen unter dem Meer* las. Wäre ich nicht als Antichrist erzogen worden, hätte ich gebetet.

Oma saß an meinem Bettrand, sie war ruhig. Sie hatte Zeit, trug auf der Handfläche das Herzklopfen der ganzen Welt und das Warten derer, die nirgendwo hineilen. Dann erzählte sie mir eine Geschichte, die sich lange vor der Geburt meiner Mutter zugetragen hatte.

Am Anfang war die Sardine.

Aber wie es so ist, steht vor jedem Anfang der Anfang von etwas ganz anderem.

Omas Mutter, meine Urgroßmutter, war eine arbeitsame und lautere Frau. Sie liebte Bücher und einen Mann, der Karten spielte.

Jeden Sonntag gönnte er sich unter der Laube im Park mit den Zigeunern eine kleine Partie Mariáš. Wenn er kein Geld hatte, verpfändete er seine Uhr, Möbel oder die goldenen Zähne seines verstorbenen Vaters. Als er alles verloren hatte, verpfändete er seine rechte Hand. Fast hätte er gewonnen. Fast. Aber bevor der berühmte Clanchef der Roma, Papa Bango, das Hackmesser für Hühnerfüße hervorholte, gab er dem Besiegten eine letzte Chance. Mit den dicken Handflächen tätschelte er dem Mann das Gesicht und flüsterte mit ruhiger Baritonstimme, er hätte Zeit bis zum Morgengrauen. Wenn er kein Geld habe, solle er Schweine und Hühner als Spieleinsatz nehmen. Wenn er keine Schweine und Hühner hätte, das Haus. Wenn er kein Haus hätte, seine Frau. Der Mann, den meine Urgroßmutter liebte, hatte Einwände, aber Papa Bango stopfte ihm die Karten ins Maul und zeigte mit dem Finger auf den nahen See. Alle in

Lošonc wussten, dass auf dem Grund viel Platz für einen frischen Toten war.

Der Mann, der meine Urgroßmutter liebte, liebte sie an jenem Abend ein letztes Mal und dampfte noch vor dem Morgengrauen ab. Er hinterließ leere Kleiderbügel und einen Abschiedsbrief. Darin stand ein einziges Wort: Verzeih.

Papa Bango, der dickste Zigeuner aller Zigeuner, über den gemunkelt wurde, er esse auch im Schlaf, war keiner von jenen, die ihre Versprechen vergaßen. Bis Sonnenuntergang quartierte er meine Urgroßmutter aus dem Haus aus und richtete darin ein Freudenhaus ein. Urgroßmutter blieb auf der Straße zurück. In einem großen Schrankkoffer Kleider und Fotografien, auf den Handflächen achtzehn Jahresringe und unter dem Nabel ein Stückchen Erde, woraus nach neun Monaten ein Wunder spross.

Nach einigen Nächten am Flussbett gewährte ihr der Jude Radinger Obdach. Er war ein bekannter Uhrmacher, amateurhafter Höhlenforscher und Junggeselle. Er hatte ein liebenswürdiges eingefallenes Gesicht, eine Taille schmaler als die einer achtjährigen Balletttänzerin und ein riesiges Haus mitten in Lošonc, das angeblich über hundert Zimmer umfasste. Urgroßmutter kochte, machte sauber, kaufte ein, kümmerte sich um den Garten, die Obstbäume und die Barockengelchen, und wenn es nötig war, half sie dem dürren Herrn in der Uhrenwerkstatt. Sie habe damals die Welt der winzigen Zeigerchen und Rädchen entdeckt, die den Lauf der Welt und des menschlichen Lebens bestimmen, sagte Großmutter und zeigte mir die abgenutzte runde Uhr an der Goldkette, die ihren verrunzelten Hals zierte.

»Aber die steht ja still«, sagte ich und klopfte mit dem Nagel auf das Zifferblatt. Oma lächelte, rieb mir die Stirn mit Franzbranntwein ein und fuhr mit der Erzählung an der Stelle fort, als der ausgedorrte Jude Radinger immer deutlicher der Senilität und der Geräumigkeit des eigenen Hauses anheimfiel. Es gab keinen Tag, an dem er sich nicht in der Unmenge weitläufiger Zimmer, Gänge, Treppen und breiter Fensterläden, die mit Blumengittern versiegelt waren, verlor. Anfangs streute Urgroßmutter in Radingers Hosentaschen Münzen, damit sie dem Klimpern folgend seinen Standort im Haus bestimmen konnte. Der alte Herr vergaß jedoch ständig, wohin er die Münzen gelegt hatte, und da er sich jeden Abend ein Schaumbad zur Musik von Händel gönnte, hatte er bald alles Kleingeld verloren. Also legte ihm Urgroßmutter ein Halsband um, an dem eine goldene Glocke baumelte. Seither nannte man ihn in Lošonc Zsidó tehén, die Judenkuh.

Und so hängte sich Radinger jeden Morgen die goldene Glocke um den Hals und steuerte mit der Zigarette zwischen den Zähnen Richtung Garten, wohin er nur deshalb gelangte, weil ihm Urgroßmutter Pfeile und kleine Legenden an die Wände gezeichnet hatte. Am Ende des Gangs links, geradeaus ins Gästezimmer mit dem blauen Plafond, zweite Tür rechts, am hohen Geschirrschrank vorbei, über die Treppe ins Erdgeschoss, geradeaus durch den Gang mit dem an grüne Tapeten erinnernden dekorativen Schimmel, nach dem Keramikflamingo rechts, Vorsicht bei der vermaledeiten Schwelle, auf der Radingers Tante Valika starb, und dann alles geradeaus. Voilà, der Garten.

Im Bauch keimte es, und in dem Moment, als Urgroßmutter das Buch mit dem blauen Umschlag und den von der Kerze angesengten Seiten fertig gelesen hatte, worin sich ein naives amerikanisches Mädchen in einen chinesischen Gutsbesitzer mit problematischer Prostata verliebte, wusste sie, einen vortrefflichen Namen gefunden zu haben. Sie hieß Anna Lee, aber alle nannten sie Lee Anna.

Liana.

Sie wuchs ebenso schnell heran, wie sie geboren wurde. Das erste Buch las sie, noch bevor sie sprechen und gehen konnte. Den ganzen Tag schnüffelte sie im Haus herum und suchte die Schätze, von denen ihr der alte Herr Radinger erzählte, und Urgroßmutter wischte ihr Abend für Abend Spinnweben von den Kleidern. Es dauerte nicht lange, und schon kannte sie jede geheime Nische, jede Kommode, Ritze und Wasserleitung. Sie wusste, auf welchen Balken sie stehen konnte und auf welchen nicht, und auch, dass Putz Blasen bildet, weil ein altes Haus atmet. So sagte es zumindest der gebrechliche Uhrmacher, wenn sie über die hundertjährigen Wände strich und sie mit zärtlicher Stimme ansprach wie einen guten Freund.

Wenn jemand Nahes in die andere Welt hinübergeht, ohne seine Seele von Geheimnissen und unausgesprochenen Sätzen zu erleichtern, bleibt von ihm ein Abdruck, ein Fleck. Meistens in dem Raum, wo er seine letzten Tage verbrachte. Auf dem Boden, an der Wand, an der Decke. Die Leute sagen, sie hätten Flecken von Toten auch auf Bäumen, Büchern oder Gegenständen gesehen, etwa auf einem Rumfläschchen. Aber das können nur diejenigen sehen, für die das Geheimnis bestimmt ist. Niemand anderes. Wer weiß, vielleicht findest auch du einmal einen Fleck von jemandem, dem du etwas bedeutet hast.

»Habt Ihr auch einen solchen Fleck gefunden?«, fragte Liana den alten Herrn Radinger.

»Ich selbst bin ein Fleck«, flüsterte der Uhrmacher mit den eingefallenen Wangen, streichelte Liana übers Haar und verschwand in seinem Schlafzimmer. »Es war das letzte Mal, dass Onkel Judenkuh lächelte«, sagte Oma und verließ das Zimmer.

Als sie zurückkam, hielt sie einen eiskalten Wickel in den Händen und legte ihn auf meine Brust, hüllte mich in eine Decke und linderte mein Frösteln. In ihren Augen lag eine ungewöhnliche Stille schöner Dinge, die für einen kurzen Moment verstummten. Dieser kurze Moment dauerte einige lange Jahre.

Man schrieb das Jahr 1938.

»Alles ist verloren!«, schrie Nachbar Palonder, den der Krebs um beide Beine gebracht hatte. Als das Quietschen seiner Rollstuhlräder in der Gegend erklang, rannte Liana mit ihrer Mutter auf die Straße. Es war ein Herbstmorgen, und wenn alles an seinem Platz gewesen wäre, hätte vor dem Tor eine Flasche Milch gestanden, die jeweils vor Morgengrauen der narbige Zigeuner Alfons mit dem Papierschiffchen auf dem Kopf auszutragen pflegte. Aber etwas war anders. Anstelle der Milch war die Straße voller Menschen, die nervös Richtung Hauptplatz strömten. Die beiden reihten sich in die Menge ein und hofften, dass der bekannte Zirkus aus Poltár in die Stadt gekommen war. Die schnurrbärtige Marína, der Messerschlucker Rocco und die ehrgeizigen Zwerge, die die Zuschauer beschimpften, sie dann beraubten und sich zum Schluss, durch Alkohol und Pferdeaphrodisiaka ermuntert, an ihren Köpfen Bierkrüge zerschlugen, tanzten und sich bis aufs Blut schnitten.

Sie irrten sich nicht, in jenem Jahr kam tatsächlich ein Zirkus nach Lošonc.

Er bestand aus Panzern, unzuverlässigen Maschinengewehren und ungarischen Jünglingen, die noch keine fünfzehn waren. Die Soldaten besetzten den Hauptplatz sowie alle Verwaltungsgebäude und sagten, sie holten sich ihr Land zurück. Auch Lošonc. Ein angetrunkener Kerl mit geschwungenem Schnauzbart und einer aus dem Hosenschlitz herausschauenden Csabai kolbász kletterte mit torkelnden Bewegungen auf die Fontäne und schoss mit dem Revolver in die Sonne. Er lachte wie Attila, die Geißel Gottes, und hörte nicht auf, bittere Kugeln zu spucken, bis sich der Himmel über Lošonc zuzog wie eine Schlafzimmergardine. Seither lachte man in Lošonc nur noch auf Ungarisch.

Aber am Anfang war doch die Sardine, nicht wahr?

Liana und ihre Mutter beschlossen, Radinger lieber nichts zu verraten. Er war gebrechlich und fragil wie ein Streichholzhaus, das auch unter der Last unbedeutenderer Umstände einstürzen konnte, als es die düsteren Annalen des Südlandes waren. Wenn ihm schon während all jener Jahre nicht aufgefallen war, dass der graue niedergekauerte Fuchs in seinem Arbeitszimmer in Wirklichkeit präpariert war, konnte er unmöglich den Kriegsumsturz in der Stadt, in der er sein ganzes Leben verbracht hatte, bemerken. Omas Mutter hatte auf dem Boden unter dem weinroten Teppich klebend vermoderte Unterlagen gefunden, wonach Herr Radinger über hundertzehn Jahre alt war. Die graue Füchsin, die sich brav neben seinem Schreibtisch duckte, nannte er familiär Magda. Magduška. Jeden Tag streichelte er ihr zärtlich über den abgeriebenen Scheitel und verkündete, Magduška sei das zweitfriedlichste Tier auf Erden.

Gelegentliche Exkurse des alten Uhrmachers in die Geheimnisse der Biologie ließen darauf schließen, dass das friedlichste Tier auf Erden der japanische Fisch Takifugu war. Das Wasserlebewesen mit kugelförmigem Körper und giftigen Stacheln, von denen ein einziger ausreichte, um dreißig potente Kerle zu töten, nannten die Japaner Fugu oder Flussschwein. Ungeachtet dessen, dass sein Fleisch einen einzigartigen Geschmack hatte – etwas zwischen Honig und Stierdrüsen –, galt im ganzen Land ein strenges Konsumationsverbot dieses lustigen Wesens. Die Leute glaubten, dass der Takifugu heilig sei. Nur am 19. September, am Tag des Flussschweins, durften die Japaner den Fisch fangen, aber nicht essen. Im Morgengrauen legten sie ihn in spezielles Hagebuttenöl und fütterten ihn behutsam mit Glühwürmchen. Während des ganzen Rituals achteten sie darauf, dass er nicht starb. Andernfalls erwartete den Schuldigen ewige Schmach durch Kastration. Wenn die Sonne hinter dem Berg Fuji unterging, kam der wichtigste Moment im Leben des jüngsten Nachkommen der Familie. Alle kleideten sich festlich und warteten bei einer Flasche Reiswein, ob das Ritual gelänge. Das jüngste Familienmitglied nahm den Fisch aus dem Öl, hob ihn über den Kopf und ließ ihn gen Himmel steigen. Takifugu, dem die Ölmarinade Leichtigkeit verlieh und die Glühwürmchen Leuchtkraft, stieg langsam zum Nachthimmel empor, und da er noch immer am Leben war, hatte er keine Ahnung, was mit ihm geschah. Auf dem Boden unter ihm brach die Familie in Jubel aus, denn der jüngste Nachkomme besiegelte mit diesem Akt seine Mündigkeit. Erst im Moment, als Takifugu klar wurde, dass er nicht alleine war und er um sich herum ein ganzes Meer fliegender Neongenossen hatte, kam er zu sich und beruhigte sich. Alles war so, wie es sein soll.

Gegen Abend klopfte jemand.

Die Mutter öffnete die Tür und erblickte auf der Schwelle drei ungarische Soldaten. Sie hatten feuchte Augen, und die grauen Schnäuzer waren um den Mund herum gelb von den selbstgedrehten Zigaretten. Ungebeten traten sie ein und begannen das weitläufige Haus von innen zu mustern. Der kleinste Soldat war der Gesprächigste. Er erkundigte sich nach Herrn Radinger und der Geschichte des Hauses und begutachtete misstrauisch das knarrende Interieur. »Nagyon jól, sehr gut«, wiederholte er für sich und strich mit den dicken Fingern über die alten Tapeten und Keramikfigürchen in der Eingangshalle.

Dann fiel ihm die kleine Liana auf, die im langen Flur stand. Er schritt auf sie zu und kauerte sich nieder, er stank wie ein muffiger Schwamm. Unter dem Gürtel ein Revolver, zwischen den Zähnen Löcher und auf der Stirn eine tiefe Narbe. Er streckte den Arm aus und streichelte Liana zärtlich übers Haar.

»Wie alt bist du?«, fragte er in gebrochenem Slowakisch.

»Dreieinhalb«, antwortete Liana und blickte erschrocken zur Mutter. Die anderen zwei Soldaten schauten sich die ausgedehnten Räume an und gafften verständnislos auf die impressionistischen Landschaftsbilder. Der Soldat, der neben Liana kauerte, nahm aus der Brusttasche eine zerknitterte Fotografie hervor. Es war ein Mädchen darauf, im Hintergrund ein schwarz-weißes Feld und ein verschwommener Horizont.

»Dóra, meine Tochter, wäre heute sechs geworden«, sagte er und verstummte.

Im Haus trat augenblicklich Stille ein. Der Soldat tippte Liana an die Nase und stand auf. Er wünschte einen schönen Abend und befahl, abzutreten. Der alte Herr Radinger ging mit ihnen. Liana und ihre Mutter standen im Türrahmen und beobachteten, wie sich der tattrige Greis auf der Straße allmählich entfernte. Die Mutter rief ihm nach, er solle keine Angst haben. Alles werde gut. Aber der alte Herr, nur mit einem Nachthemd bekleidet, über das er einen abgewetzten Mantel geworfen hatte, hörte es nicht. Er drehte sich um, winkte, als ob er zu einem Ausflug an den Balaton unterwegs wäre, und verlor sich in der Dunkelheit.

Am nächsten Morgen kam er zurück. Er war barfuß, und in seinen Augen lag Stille. Seitdem sprach er kein Wort mehr. Einen ähnlichen Blick toter Augen hatte Kapia, als er nach vielen langen Jahren aus der Besserungsanstalt für jugendliche Delinquenten zurückkehrte.

Und dann kam der große Moment für die Sardine.

Wie jeden Morgen war auch an jenem Tag auf dem Hauptplatz ein großer Markt. Aber von Obst, Nüssen oder Melonen keine Spur. Nur Mehl, Kartoffeln, Knochen, jämmerliche Hähne in verrosteten Käfigen und Milch. Gelb, fett und überzogen mit einem Film dicker als die Sohlen von Militärschuhen. Liana und ihre Mutter drängten sich durch die Menge alter Weiber, die in schwarze Roben gehüllt waren. Unter den Kopftüchern konnte man ihre Gesichter erahnen, abgescheuert und bedeckt mit Hautauswüchsen. Aus den Mündern, die ihre Zähne längst vergessen hatten, drang Speichel und der Gestank von verwesendem Fisch. Vielleicht hatten sie nicht einmal Augen. Die Richtung ihres Ganges bestimmte nur die Menschenmasse, die sich durch den ganzen Marktplatz zog.

Liana hielt ihre Mutter fest an der Hand und beobachtete neugierig die verhüllten Greisinnen, deren brüchigen Atem und die uralten Bewegungen ihrer verbrauchten Körper. Sie wusste, dass sie tot waren. Der Puls war schon vor Jahren stehengeblieben, aber aus irgendeinem Grund konnten sie nicht gehen. Und so kamen sie jeden Morgen auf den Markt, marschierten im Kreis und kauften nie etwas. Sie beschnupperten Kartoffeln, maulten und ließen dreckiges Mehl durch die kalten Finger rieseln. Bis in alle Ewigkeit von Christus außer Acht gelassen.

Im kriegerischen Lošonc gab es vielleicht mehr Tote als Lebende.

Liana und ihre Mutter kauften rasch die am wenigsten angefaulten Kartoffeln und verließen den Markt.

Durch die Straße hallte das Geschrei des Troubadours Karlík, Kilimandscharos Vorgänger, eines dürren Mannes mit Tamburin, der in der Stadt Nachrichten meldete. Blechmäuler des Rundfunks wurden in Lošonc erst in den siebziger Jahren eingeführt. Karlík hielt in einer Hand das Musikinstrument, mit dem er die Menge darauf aufmerksam machte, dass bald Neuigkeiten verkündet würden, und in der anderen ein Papier, von dem er den ungarischen Text gebrochen ablas. Wie immer schrie er auch diesmal, damit man ihn auch in Detva hörte, spuckte in alle Himmelsrichtungen und gestikulierte mit den

Armen, als würde er einen unsichtbaren Chor von Feiglingen dirigieren.

Als er Lianas Mutter bemerkte, die ihm einst, als er noch ein Junge gewesen war, Nachhilfeunterricht in slowakischer Grammatik erteilt hatte, senkte er beschämt den Blick und unterbrach für einen Augenblick seine Predigt. Liana, die die ganze Situation verständnislos verfolgte, zupfte die Mutter am Kleid.

»Was sagt der Onkel Karlík da?«

Die Mutter lächelte und winkte ab: »Der Mann gratuliert den Namenstagsjubilaren.«

»Und wer feiert?«, fragte Liana und verdeckte mit der Handfläche die Sonne. Die Mutter ließ sich nicht in Verlegenheit bringen und entgegnete, es sei Klára, Klárika.

»Das Tantchen mit den Haaren, die wie Zuckerwatte aussehen?«

»Ja, die, und nun Ende des Verhörs!«, brummte Mutter und zog Liana an der Hand. Wenn Urgroßmutter gewusst hätte, dass in diesem Augenblick in Tante Klárikas Haus ungarische Soldaten mit den Worten hereinstürmten, sie würden hier ihre Amtsstube einrichten, und anschließend ihren Mann Anton bis zur Erblindung verprügelten, hätte sie lieber den Namen der alten Eliška genannt, die ihr schon zehn Jahre lang versprach, den Fleischwolf für Fasciertes zurückzugeben.

Aber wer, wer konnte es ahnen?

Am Ende der Straße, die vor Liana und ihrer Mutter lag, stand das alte Gebäude eines Sardinenbetriebs. Es handelte sich um die einzige Fabrik ihrer Art weit und breit. Die Sardinen wurden auf großen, klapprigen Autos vom Schwarzen Meer her verfrachtet, um sie in Lošonc in eine spezielle Ölmischung einzulegen. Es wurde gemunkelt, dass die Melange, angereichert mit Paprika und Gewürzen, in die die Fischlein zur ewigen Ruhe gelegt wurden, lebensverlängernd sei. Die magische Rezeptur, die von Generation zu Generation weitergegeben wurde, überschritt nie die Grenze der südlichen Stadt. Die Fabrik beschäftigte fünfhundert Leute. Es war kein Geheimnis, dass ab und zu ein Angestellter unaufmerksam war und ihn die wuchtige Presse um einen Nagel oder gar einen ganzen Finger brachte. Der Glückspilz, der eine solche Überraschung auf seinem Teller oder im Dickdarm vorfand, hatte Anrecht auf Entschädigung in Form einer Sardineneucharistie.

Aber wer, wer konnte es ahnen?

Die ganze Straße entlang flogen Papiere umher, als ob es vom Schreibtisch eines Riesen schneien würde. Die ungarischen Soldaten durchsuchten das Stadtamt, das in Lošonc alle Weißes Haus nannten. Sie wühlten sich durch Schubladen, Regale und Schränke, zerbrachen Spiegel, schossen auf Bilder und warfen alles aus den hohen Fenstern auf die Straße. Als Erstes waren Papiere, Akten, Blöcke, Nachschlagewerke und Bücher an der Reihe. Bald darauf flog die ganze Zellulosewelt, die im Amtshaus jahrzehntelang ein geheimes Dasein gefristet hatte, in der Gegend herum und erinnerte an zusammengepresste weiße Vögel aus einem seltsamen Herbarium.

Alles war in Bewegung, alles außer den Menschen.

Lianas Mutter ahnte, dass nach den Papieren auch die Bilder, Porzellantassen, Teller, Möbel und früher oder später auch die Angestellten des Stadtamts zum Flug aus dem Fenster auf den Gehsteig verurteilt sein würden, um auf der harten Straße den ewigen Frieden und offene Brüche zu finden. Und so zog sie Liana jäh an der Hand und schritt hastig die Straße hinauf, die dunkler und unruhiger war als jemals zuvor. Die Fensterläden an den Häusern waren geschlossen, und irgendwo in der Ferne krächzten hungrige Krähen. Gleich sind wir daheim, mein Seelchen, gleich sind wir daheim.

In diesem Augenblick drang zu Liana und deren Mutter ein unerträglicher Gestank von Verwesung. Ein heftiger Wind kam auf und stemmte sich gegen die Menschen. Neugierige rannten vorbei, und ein paar Meter weiter war bereits eine ganze Menschenschar versammelt. Etwas ist geschehen, etwas wird geschehen, jemand flüsterte, und jemand schrie. Stimmen, Tumult und eine Straße, angespannt in Erwartung einer Tragödie. Dann trat Stille ein, die man bis nach Budapest hörte. Alles steuerte zur Sardinenfabrik.

Vor dem Gebäude lag ein riesiger Berg Sardinen.

Er war fünfzehn, vielleicht sogar zwanzig Meter hoch. Von unten nach oben verengte er sich zu einer Spitze. Der Berg war grau, das Sonnenlicht spiegelte sich darin, und die sich hin und her werfenden Körperchen der Sardinen erweckten den Eindruck, als würde der massive Berg leben. An den Fabrikfenstern standen Soldaten und warfen die Sardinen aus großen Eimern auf die Straße. Ihre synchronisierten Bewegungen glichen jenen von Kunstschwimmerinnen in Uniform mit hochgekämmtem goldenen Haar. Sie waren jung, blutjung.

Um die grauenvolle Szenerie herum, die an einen Sardinenatompilz erinnerte, standen Soldaten. Mit Schaufeln hoben sie die versprengten Fischlein auf und warfen sie auf den Haufen zurück. Daneben gruppierten sich die Angestellten der Sardinenfabrik und verfolgten mit Tränen in den Augen den skrupellosen Umgang mit ihren Lieblingen, die sie Tag für Tag in Konserven gedrückt und in die Ewigkeit geschickt hatten. Für den Fall, dass die Angestellten Lust bekommen hätten, irgendwelche Streiche zu spielen, umzingelten sie einige stramme Soldaten mit aufgepflanzten Bajonetten und kitzelten damit die Nasen der Fabrikanten. Sie machten das präzise, ehrenvoll. Es waren schließlich deutsche Soldaten.

Alle Sardinen, die in der Fabrik auf ihre postmortale Marinade warteten, lagen auf der Straße. Die Menge, die diesem bizarren Theater zusah, wartete. Es war wohl ganz Lošonc anwesend. Nachbarn, Juden, Zigeuner, Ungehobelte, Kaminfeger, Trinker und Pfarrer Švantner, der von einer Beerdigung in Poltár angerannt kam.

Aber wer, wer konnte es ahnen?

Aus den Reihen der Soldaten trat ein großgewachsener Mann. Aufrecht und schlank, die Gesichtszüge scharf und der Blick klar wie eine selbstgebrannte Pálenka. Er war größer als große Menschen und wirkte doch geschickt. Und gefährlich. Er ging ein paar Schritte in seinen Lederstiefeln, unter deren Sohlen Sardinen und Menschen verreckten, und blieb dann stehen. Er heftete den Blick auf die wartende Menge und hob den Arm. In dem Moment, als er ihn wieder senkte, ergriffen alle Soldaten rote Kanister und fingen an, Benzin auf den Sardinenberg zu schütten. Der großgewachsene Mann, mit Geburtsnamen Fabian Dorf, schaute mit einem sonderbaren Lächeln im Gesicht zu und sog den köstlichen Duft von Benzin ein. Dann machte er das, was er am besten konnte. In der deutschen Armee nannten ihn alle den Streichholzmann.

Der große Berg Sardinen entzündete sich und bildete eine majestätische Flamme. Es war eine lebendige Fackel, die man auch aus dem Weltall sehen konnte. Die Körperchen der Fische hörten nach einer Weile auf, sich zu wälzen, und eine stinkende Rauchwolke stieg über der Stadt auf, schwärzer als ein Tunnel nach China.

Aber wer, wer konnte es ahnen?

»Und was geschah danach?«, bohrte ich nach. Oma wirkte erschöpft, als ob ihre Worte echte Bewegungen, Schritte und Taten wären, die keine Erinnerungen sind, sondern sich ewig wiederholende Mementos. Einen Augenblick spürte ich Schuldgefühle, da ich den Eindruck hatte, in lange vergessene

Zimmer und Kämmerchen einzufallen, die viele Jahre von Amnesie bewohnt waren. Großmutter nahm ihre Uhr ab und legte sie mir in die Hand.

Es war einmal ein sich durch die Landschaft windender verendender Fluss. Er hieß Ipeľ und trennte mit seinen lahmen Gliedmaßen Lošonc vom Dorf Vidiná. Sein Wasser war trüb und die Wellen gebrochen, unter seinen Steinen warteten winzige schwarze Schlangen und an der Oberfläche Algen, die an das Haar eines Wassermannes erinnerten. Jeden Nachmittag kamen Kinder am Fluss zusammen und zogen mit bloßen Händen die auf dem schlammigen Grund zusammengerollten Schlangen heraus. Liana kauerte im Hintergrund und beobachtete mit angehaltenem Atem die halbnackten Jungen mit den scharfen Gesichtszügen und den hervorstehenden Rippen, wie sie mit den Händen die glitschigen Kreaturen fingen, ihnen die Finger in die Mäuler mit den kleinen Zähnchen stopften, sie über den Köpfen schwangen und dann mit ihnen Fangen spielten auf dem weiten Sonnenblumenfeld.

Die, welche das Ende des Kriegs erlebten, wurden Großeltern meiner Altersgenossen.

Eines Tages verfärbten sich die Wasser schwarz, und an den Ufern, wo sich die sterbenden Schlangen wälzten, marschierten schwere Lederschuhe. Der Ipeľ verwandelte sich über Nacht in eine Grenze. Senec, Levice, Rožňava, Košice und zuletzt auch Lošonc gerieten in die ungarische Mühle, Felvidék.

Es dauerte nicht lange, und Troubadour Karlík klopfte in Begleitung dreier beleibter Beamten mit zerknitterten Glatzen, die von schütterem, schulterlangem Haar umsäumt waren, an die Tür jedes Lošoncer Hauses. So tauchte er eines Morgens auch auf der Schwelle von Radingers Schloss auf, streckte mit beschämtem Grinsen Lianas Mutter einen Papierfetzen vor die Nase, und leb wohl, isten veled!

Wer unterschrieb, wurde Ehrenbürger von Oberungarn. Wer nicht unterschrieb, wurde noch am gleichen Tag aus seinem Haus gejagt und als Landloser vertrieben.

Liana und ihre Mutter unterschrieben. Mein Opa Jano Krajči und sein Vater, gelernter Schuster, die in jener Zeit ein paar Häuser weiter wohnten, unterschrieben nicht und zogen zu den Großeltern nach Mýtna. Damals konnte noch niemand ahnen, dass aus Jano und Liana, aus Kleinbuchstaben inmitten des südlichen Kriegsromans, eine Liebe erwachsen würde, groß wie ein Zweigenerationenhaus, aus der zwei Töchter und vier Enkelkinder hervorgehen sollten.

Lošonc hatte während des Kriegs viele Namen. Die Ungarn nannten es Losoncz, die Deutschen Lizenz, und für die Rumänen, die es einige Jahre später bombardierten, war es Luchunch. Es gab auch Stimmen, die ihm Bezeichnungen wie südliche Stadt, das Ende der Welt oder Csatorna, Gosse, zuschrieben. Der stinkende Slowake hieß Büdös tót und der Scheiß-Ungar Kurva Maďar. Vom Slowakischen blieb nur ein Flüstern, die Sprache des Pöbels und der Umstürzler, die sich im Halbdunkeln von Ställen und Haushalten verbreitete, leise und unter der Anrichte, damit sich die Herren mit den Schnauzbärten nicht ärgerten. Überall klimperte das Deutsche und noch lauter das Ungarische, das sich auf Ämtern, Polizeistationen und unter Christus' Fersen ansiedelte. Es stieg auf wie Morgennebel, in den verschiedenen Ecken der Stadt unterschied es sich durch kleine Abweichungen und Nuancen. In den Bordellen war das Ungarische atemlos, im Radio knackend und in der Kneipe langsam, verzerrt und manchmal sogar slowakisiert.

Entlang aller Straßen, die aus Lošonc wegführten, hingen an Pfählen aufgehängte ungarische Deserteure. Lianas Mutter zündete unter den Füßen der Gehängten jeden Sonntag eine

Kerze an, damit der Herrgott nicht vergesse, dass auch sie einmal Kinder gewesen waren.

Und dann, nach all den Monaten und Schritten in die Dunkelheit, die aus Lošonc eine neue Welt gemacht hatten, kam etwas, was die Erwachsenen und die für immer Verdammten Säuberung nannten. Mauern, Zäune und Fassaden wurden mit ungarischen, deutschen und slowakischen Ausartungen des Judenkodex beschrieben, aus dem Troubadour Karlík auf den Straßen vorlas. Türen jüdischer Häuser wurden mit Schweineblut angestrichen, und die neuesten Modeaccessoires der Minderwertigen wurden gelbe Sterne. Die Menschen waren argwöhnisch und misstrauisch, in den Gesichtern siedelte sich Unruhe an, und dort, wo früher Freunde gewohnt hatten, versteckten sich Wölfe.

Liana, das kleine Mädchen inmitten des verfaulten Kriegskuchens, verstand die Spiele der Erwachsenen nicht, die mit jedem Tag zunehmend der Paranoia und Animalität verfielen. Aus den Häusern mit rissigem Putz schauten nur neugierige Augen hinter versteckten Gardinen hervor, und die Sonne, die sich zwischen grauen Wolken verfangen hatte, ging über Lošonc wochenlang nicht auf. Nur Düsternis, Geflüster und unklare Bewegungen gewoben aus Angst, die sich über die Straßen ausbreitete wie die blaue Pest. Die Lošoncer verfielen dem Wahnsinn, und das Einzige, was den Rhythmus ihrer verdammten Leben bestimmte, war das regelmäßige Kreischen der Sirene.

Ördögsúgás, des Teufels Flüstern.

Jedes Mal, wenn sich durch Lošonc das durchdringende Flüstern des Teufels verbreitete, schoss aus dem Kamin der Lokomotive dicker Rauch, und die Stahlräder quietschten auf den Schienen. Die massive Zuggarnitur geriet in Bewegung und brach auf in die Welt, quer durch das degenerierte Land.

Weißer Rauch stieg zum bedeckten Himmel auf, und in den überfüllten Waggons weilten Atem, Husten und Tränen. Kinder, Mütter, Greise, Schwestern, Väter, Jungfrauen und Junggesellen. Eingepfercht im zierlichen Interieur, durch die kleinen Fensterchen schauend, die Arme, Handflächen und Finger herausstreckend, erschrocken und entschlossen, alles zu überleben, was Gott ihnen in die Wiege gelegt hat, bleich und jung, echt und liebend, ungelesen wie Briefe von der Front.

Liana hörte jeden Abend Mutters Geschichten vom zauberhaften Zug und den unglaublichen Abenteuern seiner Passagiere. In den Zug kamen nur Auserwählte, jene, die im Inneren einer rohen Kartoffel den blauen Zahn des sagenhaften blaufelligen Auerochsen gefunden hatten. Dann schifften sie sich gemeinsam mit ihren Familien an Bord ein und brachen zur magischen Reise in die jungfräulichsten stillen Winkel von Tantchen Erde auf: verschneite Gipfel isländischer Berge, phosphoreszierender Regenwald in Venezuela, archäologischer Fundort von Christus' Steiß in Golgota, unendliche Höhlenmäander des afrikanischen Atlas oder der Grund des Stillen Ozeans, wo neben fleischfressenden Wracks zerschellter Ausflugsschiffe und pupsender Korallen auch riesige zottelige Moränen mit einem Geweih wohnten, mit Schafwolle anstelle von Haut und einem Geschlechtsteil größer als der Eiffelturm.

Da stellte ich mir Kapia und sein höllisches Grinsen vor.

Liana rannte einst hinter den Zügen her, ähnlich wie andere Kinder, die kamen, um sich am großartigen Menschenzirkus zu ergötzen. Sie rannte bis zu dem Augenblick, als sie an der Grenze von jungen Männern in Uniform zurückgehalten wurde. In gebrochenem Slowakisch redeten sie Liana an, zerzausten ihr Haar und ließen aus ihren Mündern Rauchringe aufsteigen. Im Unterschied zu den anderen Kindern warf sie keine Steine nach ihnen, spuckte sie nicht an und verfluchte nicht ihre Familien, sie stand nur da, blickte in ihre kindlichen Augen und wusste, dass die meisten von ihnen das Kriegsende nicht erleben würden.

Von da an rannte sie nie mehr Zügen hinterher, sie winkte keinen wie Sardinen ins Abteil gepferchten Menschen zu und durchwühlte keine alten Koffer, die verstreut auf dem Bahnsteig liegengeblieben waren. Die Zeiten, als sich alles rundherum in ein unschuldiges Kinderspiel verwandeln ließ, waren vorbei. Es blieben nur Zahlen, Statistiken und allzu lange Fußnoten.

Innerhalb dreier Monate wurden in Lošonc sieben Züge abgefertigt.

Onkel Radinger, der gebrechliche Uhrmacher und älteste Jehudi weit und breit, bemerkte bis zu seinem Lebensende nicht, dass in Lošonc der Kriegshund wütete. Eines Morgens schritt er mit einer Zigarette zwischen den Zähnen in den Garten und kam nie mehr zurück. Liana fand ihn zwischen den alten Eichen liegend, die über seinem Gesicht einen wunderschönen Sonnenschirm bildeten. Sein Körper war mit heruntergefallenen Eicheln bedeckt, unter denen nur der Kopf mit einem breiten Lächeln hervorschaute.

Er kam in Frieden, er ging in Frieden.

Troubadour Karlík, der seine erfolgreiche Umwandlung in einen vollblutigen Madjaren mit geschwungenem Schnauzbart und gespieltem Akzent besiegelte, zuckte beim Anblick des Verstorbenen nur mit den Schultern und murmelte etwas von einem glücklichen Bastard. Dann winkte er zwei untätig zusehende Soldaten herbei, die den Körper wegtrugen und in einem Massengrab beerdigten. Onkel Radinger hinterließ Hunderte von Armband- und Kuckucksuhren, die die Zeit auf der ganzen Welt anzeigten, von Manila bis Reykjavík, und an der Stelle, wo er zum letzten Mal ausgeatmet hatte, war zwischen den heruntergefallenen Eicheln ein schwarzer Fleck zurückgeblieben.

Der majestätische Garten verrottete innerhalb einer Woche, die Bäume vertrockneten, in der Erde taten sich Risse auf, die kleinen Seen und Fontänen füllten sich mit Fäulnis, und die Barockengelchen verfielen zu Staub. Es war nur eine Frage der Zeit, wann auch Radingers riesiges Haus vom Erdboden verschluckt würde wie ein Gespenst.

Der Krieg neigte sich dem Ende zu, und die prachtvollen Sezessionsbauten verwandelten sich durch immer häufigere Bombardierungen in Ruinen. Lošonc wurde zum Abfallhaufen, wohin die umliegenden Staaten ihre schlechten Träume und abgenutztes menschliches Material exportierten. Im Haus des alten Juden richteten sie ein provisorisches Sanatorium für verletzte deutsche Soldaten von der Ostfront ein. Auf den langen Gängen, in den weitläufigen Räumen und im verrotteten Garten hüpften Jünglinge herum ohne Beine, ohne Arme, ohne Augen, Ohren oder Gesichter, die von verstreuten Minen in eine nässende rote Masse verwandelt worden waren. Es waren gehende Reste, menschliche Trümmer, Torsos und Erinnerungen an Gotteskinder, die Pech gehabt und überlebt hatten.

Selbstredend gingen sie im Labyrinth regelmäßig verloren.

Nachts jammerten sie und schrieben Briefe an ihre Eltern, Kinder oder Frauen. Tagsüber wankten sie durchs Haus, spielten Karten, lasen Bücher, die sie nicht verstanden, hörten Grammofon, und diejenigen, denen es die Gravitation erlaubte, tanzten ab und an.

Liana, die nie zuvor getanzt hatte, brachten die Soldaten Walzer, Foxtrott und Polka bei. Sie lachten, fuhren mit den Handflächen über ihre Taille und führten sie unsicher und unbeholfen.

Die Mutter riss sie jedes Mal aus der Tanzumschlingung und

versohlte ihr den Hintern, wechselte dann den deutschen Burschen die Verbände auf den feuchten Wunden und blickte ihnen nie in die Augen. Abends stand sie vor dem Spiegel und wünschte ihnen einen schmerzfreien Tod.

Wie jeden Dienstag fand auch an jenem denkwürdigen Tag eine Filmvorführung statt. Das Apollo-Kino neben der namhaften Schnapsbrennerei Herzog und Kohn war bekannt als schönstes Kino in Felvidék. Seine besondere Atmosphäre – hohe Decken, rote Vorhänge und samtbezogene Stühle, in denen Bequemlichkeit und Flöhe lauerten – erwähnte in seinen Memoiren auch der gefürchtete deutsche Leutnant Fabian »Streichholzmann« Dorf.

Die lahmen Soldaten, die sich in Radingers Haus von ihren Verletzungen erholten, waren regelmäßige Besucher des Lošoncer Kinos. Liana wusste, dass ihre Mutter weder inständiges Bitten noch hysterisches Schreien erweichten, deshalb wählte sie eine neue Taktik. Als es dunkel wurde, öffnete sie das Fenster, kletterte über den wackeligen Sims hinunter und lief davon. Bald saß sie schon im Dämmerlicht des überwältigenden Kinosaals, umgeben von angetrunkenen Soldaten, die die Leinwand wie Wölfe anheulten. Das Heulen verstärkte sich noch, als eine kurze Wochenschau von der Front ausgestrahlt wurde, die tendenziös über den siegreichen deutschen Zug gegen die höllischen Amerikaner und Russen informierte. Dann folgte etwas, was Liana später als einen der schönsten Augenblicke in ihrem Leben beschrieb.

Durch ein kleines Fensterchen im Vorführungsraum drang ein starker Lichtstrahl, worin Staub flirrte, und auf der Leinwand erschienen schwarz-weiße Figuren, Fragmente stummer Wörter, Gesichter und Blicke, die in jenem Augenblick und an jenem Ort, einige Monate vor dem Ende des Zweiten Weltkriegs, den Kinosaal in ein Vakuum verwandelten, wo kein

Platz war für die übrige Welt, für Raum oder Zeit. In diesem Moment blieb Lianas Uhr von Onkel Radinger stehen.

Der erste Film, den meine Oma mit eigenen Augen sah, trug für das kriegerische Lošonc den bezeichnenden Titel Az ördög nem alszik, ja, der Teufel schläft nie.

Als Liana in Begleitung angetrunkener bein- und armloser Soldaten nach Hause zurückkehrte, traf sie in der Küche auf ihre Mutter. Sie saß im Dunkeln auf einem knarrenden Stuhl und weinte. Sie drückte Liana an ihre Brust und schwieg. Die Tochter streichelte ihr Gesicht, sie hatte ihre Mutter noch nie so verängstigt und hilflos gesehen, ohne die mütterliche Sicherheit, die stets zu trösten und den richtigen Weg zu finden vermochte. Liana blickte in das leere Gesicht einer Frau, zierlich und klein, die jeden Augenblick zu Bruch gehen könnte wie eine Keramikpuppe.

Da ertönte über Lošonc Sirenengekreisch.

Liana und ihre Mutter wurden von lahmen deutschen Soldaten aus dem Haus gezerrt, die sie an den Händen hielten und durch die Straßen der nächtlichen Stadt schleiften. Die heulende Sirene wurde von Sturmgewehrschüssen und rotierenden Turbinen rumänischer Bomber abgelöst, die am Himmel kreisten wie verchromte Geier. Auf den Straßen herrschte Panik und Geschrei, das Chaos nahm die Gestalt allgegenwärtigen Dunkels und durchdringender Geräusche an. In der Ferne brannte ein Obstgarten, Hausfenster barsten, und die Menschen warfen ihren Besitz in große Koffer. Kleider, Schmuck, Esswaren, Alkohol, Fotos. Wen die verwilderte Masse nicht niedertrat, der wurde von aufgescheuchten Pferden niedergetrampelt. Jemand schoss mit dem Maschinengewehr auf den großen Mond, Waisen plünderten die Kirche, und auf dem Hügel versteckten sich ein paar Abenteurer mit Pálenka und Fernrohren, bereit für das imposante Theater der Vernichtung. Zivilisten und Soldaten rannten, schrien, weinten, baten und stürzten, trampelten über die Gliedmaßen Unglücklicher und flehten Gott an, über ihnen seine barmherzigen Arme auszubreiten.

»Letztlich war es gut, dass ihre Gebete nicht erhört wurden«, flüsterte Oma und zeichnete mir mit Franzbranntwein ein Kreuzchen auf die Stirn.

Sie ergriff meine Hand, zog mich aus dem Bett und warf mir einen Mantel über die verschwitzten Schultern. Wir traten auf den Balkon, über dem sich der mit Bomberfliegern übersäte Winterhimmel ausdehnte. Unser Atem dampfte, der neugeborene Schnee zerrann auf unseren Gesichtern. Die Menschen waren in Panik, drückten ihre Kinder fest an sich und zogen sie in die Luftschutzräume. Da erschienen am Himmel grelle Lichter. Sie schwammen durch die Luft wie dicke Leuchtkäfer und legten sich auf die Straßen, wo sie sich in längliche phosphoreszierende Röhren verwandelten. Wenn Alica das bloß hätte sehen können. Dann trat Stille ein, die die rotierenden Turbinen, das Weinen und die ungeduldigen Bomben verschluckte. Stalins Kerzen verwandelten Lošonc in einen beleuchteten Lunapark.

Damit die Kinder den Weg nach Hause fanden.

6

Die Hahnenwitwe

Ferči Fošáš war ein bekannter Hahnenliebhaber und der anständigste Trinker in Lošonc. Bevor er sich betrank, entschuldigte er sich jedes Mal vor der ganzen Kneipe, dass er bis Mitternacht seinen Lieblingsstuhl benässen werde. Und so geschah es auch. Er saß still, er trank schweigend. Umringt von Hähnen, die brav bei seinem klebrigen Tisch in der dunkelsten Ecke der Schenke *Zum traurigen Schluckspecht* kauerten. Angeblich unterhielt er sich mit seinen Lieblingen häufig in einer Geheimsprache. Er murmelte unklare Worte und zerrieb zwischen seinen rauen Fingern Korn- und Zuckerstückchen. Unmittelbar bevor er zum letzten Mal ausatmete, stieg er auf den Stuhl und krähte durch die ganze Kneipe.

Die Stammgäste im *Traurigen Schluckspecht* hatten an seinem Laienauftritt einen Heidenspaß, sie hielten sich die gewölbten Bäuche, grölten und geiferten wie Waisen in der Metzgerei. Auch das verblichene Porträt von Franz Joseph, des Patrons aller Lošoncer Trinker, fiel vor Lachen fast von der blauen Wand mit dem rissigen Verputz. Aber in dem Augenblick, als Ferči Fošáš blutige Federn auszuhusten begann, verstummten alle und erstarrten. Er fiel zu Boden wie ein Stück weißer Seife, und allen Männern in der Kneipe blieben die Uhren stehen. Die Hähne umringten den reglosen Körper und setzten sich auf ihn. Es dauerte einen ganzen Tag, bis sie an ihren Herrn einen Arzt heranließen, der mit einem Bier in der Hand den Exitus konstatierte.

Ferči Fošáš hinterließ ein altes Haus, zwei Dutzend Hähne und eine wunderschöne Frau.

Einen Tag nach der Tragödie schlachtete seine Witwe alle Hähne der Stadt, zuletzt auch die vierundzwanzig Geflügelten ihres verstorbenen Mannes. Im Morgengrauen, vor dem Haus. Die Federn flogen umher, die Körper der Hähne wanden sich im Todeskrampf, und die langsamen Blutflüsschen verbanden sich zu bedrohlichen Mustern. Die Witwe gab keinen Laut von sich. Das lange schwarze Haar hatte sie zu einem Zopf geflochten, und die Hände waren rot wie ein Zimmer nach einer Geburt. Die Leute, die zur Arbeit wankten, blieben stehen, schüttelten die Köpfe und schwiegen verständnislos. In der Menge stand auch der örtliche Journalist Rudo Kožák herum, der alles mit dem Fotoapparat festhielt. Auf den Bildern blieben jedoch nur verschwommene weiße Felder zurück, und Rudo Kožák erblindete unter ungeklärten Umständen binnen dreier Tage.

Einige tuschelten, die wunderschöne Witwe sei verrückt geworden, andere stellten trocken fest, dass es im Süden nun mal so laufe. Als sie den letzten Hahn geschlachtet hatte, trocknete sie das blutige Messer an der Schürze ab, ging ins Haus und kam nie mehr heraus.

Sie weigerte sich, den Körper ihres Mannes dem Pfarrer herauszugeben und ihn zu beerdigen.

Als die Leute in ihren Gärten und Hühnerställen tote Hähne fanden, wussten sie, woher der Wind und die Federn wehten. Sie begannen die Witwe zu hassen, wie es nur Lošoncer können. Alle Türen und Fenster an ihrem Haus nagelten sie zu, und den Schornstein verstopften sie mit den Hahnenkörpern. Der Pfarrer malte mit roter Kreide einen Kreis um das Haus und belegte es mit einem ewigen Fluch. Man munkelte, der Witwe seien vor Kummer das Haar weiß geworden und die Augen verfault. Maco Mamuko schwor bei seiner ganzen Familie und

Vaters Fäkalwagen, sie um Mitternacht auf der Straße stehend gesehen zu haben mit den geschlachteten Hähnen in den Armen. Kapia lachte ihn vor allen Mitschülern aus, verdrosch ihn und zwang ihn, einen Wandtafelschwamm zu essen.

Maco Mamuko widerrief seine Worte trotzdem nicht, und das war für Kapia ein klares Signal dafür, dass etwas nicht in Ordnung war.

Am Abend rief er mich über Funk an, ich solle in zehn Minuten *Unter der Sonne* sein. Er betonte wiederholt, ich solle die schwarze Kapuzenjacke anziehen und Sauermilch mitbringen. Seine Stimme klang eindringlich und erregt, und obwohl ich schon in meinem Pyjama mit dem Gehölzmotiv im Bett lag und das Buch *Die drei Detektive und das Geheimnis des Buckels von Frau B. S.* las, zog ich mich rasch an, formte unter der Bettdecke aus Kissen eine Attrappe des schlafenden Söhnchens, schlich vorsichtig an meinen Eltern vorbei, die vor dem Fernseher jungen Wein tranken, stahl aus der Küche Sauermilch und verschwand wie ein Ninja.

Die Stelle, die Kapia und ich im Rahmen unserer verschlüsselten Kommunikation *Unter der Sonne* benannt hatten, war neben dem unterirdischen Versteck auf dem Baum unser zweiter fixer Treffpunkt. Er befand sich an der Straße des Märchenerzählers Pavol Dobšinský, wo unsere Häuser standen. Kapias am rechten Ende, meines am linken, und genau in der Mitte, unter der einzigen Straßenlaterne, die die ganze Nacht über leuchtete, war unsere Stelle. In jenem gelben Lichtkreis auf der Straße trafen wir uns nur dann, wenn wir vorhatten, etwas anzustellen.

Kapia traf ein. Er war wie immer pünktlich wie die Kirchenuhr. Ich wusste, wozu er die Sauermilch brauchte. Spätestens fünf Minuten nach deren Verzehr hatte er einen Stuhl, der dünner war als das Haar von Nachbar Hrčka, der Familienstereotype von Steppenziegen unweit von Nagasaki untersuchte. Mein Vater sagt, er stoße bis heute Plutonium auf.

In jener Nacht schiss Kapia legendär vor die Tür von Fošáš' Haus, um mir und ganz Lošonc zu beweisen, dass er keine Angst vor lokalen Ammenmärchen hat. Am nächsten Tag wachte er mit Windpocken auf. Danach nannte er die Witwe nur noch eine liederliche Hexe. Andere nannten sie ein Gespenst, einen Teufel im Rock oder die Hahnenwitwe. Meine Mutter sagte, ihr sei das Herz gebrochen. Seitdem kam in Lošonc ein ganzes Jahr kein einziger Hahn zur Welt.

Da es keine Geflügelten mehr gab, kündigten nun streunende Hunde den neuen Tag an.

In einer heißen Sommernacht fiel über die Stadt ein schwerer Geruch von Schwefel und Feuer. Das alte Holz knackte, Rauch stieg zum Großen Wagen auf, und der Himmel blähte sich wie aufgehender Teig. Die Leute sagten, sie hätten während des Brandes Schreie gehört, die aus dem Innern des alten Häuschens gekommen seien, außerdem ein Kratzen an der Tür und das Brechen glühend heißer Fingernägel. Niemand half, niemand sah etwas. Einige Neugierige rannten auf die Straße, kehrten aber nach einer Weile in ihre Wohnungen zurück und harrten aus, bis alles vorbei war. Fošáš' Haus brannte vollständig nieder, es blieb nicht einmal Asche zurück.

Drei Tage nach dem Vorfall kehrten wir von meinen ersten Ferien am Meer im italienischen Livorno zurück. Meine Hände waren zerstochen, meine Nase bedeckt mit frischen Sommersprossen und mein Gesicht gebräunt mit den Konturen meiner Taucherbrille. Unter den Fingernägeln hatte ich Salz und in den Ohren Wasser als Memento aller Muscheln, für die ich zu kurz war. Kapia hatte ich in ein Einmachglas salzigen Sand und eine Krabbe gefüllt, die während der Rückreise im Auto kollabierte. Alica hatte ich einen Magneten mit dem Schiefen Turm von Pisa gekauft, gab ihn ihr aber nie. Ein letztes Mal urinierte ich in der Bucht, wo tschechische Familien schwimmen lernten. Es war ein schöner Ausflug, irgendwann schreibe ich darüber eine Erzählung.

Lošonc war aus dem Lot geraten, die Menschen seltsam, und die Windstille ließ auch die Papierdrachen über dem See innehalten. Nur Kapia machte wie gewohnt Ärger und steckte streunenden Hunden Wunderkerzen in den Hintern. Alle anderen schwiegen. Kapias Mutter wachte schließlich auf und verriet meiner Mutter, was wirklich geschehen war. Als ich sie gegen Abend in der Küche sitzend fand, weinte sie leise. Es war das zweite Mal in meinem Leben, dass ich Mutter weinen sah.

Dann geschahen auf einmal seltsame Dinge. Es schneite im August, Nackte machten im Freibad eine Schneeballschlacht, und der Bademeister wies Schlittschuhläufer mit der Pfeife zurecht. Das Radio hatte Signalausfälle, die Schornsteine verstopften, aus den Blechmäulern kam sonderbares Knattern, die Straßenkatzen zischten in alle Himmelsrichtungen, und den Autoreifen ging die Luft aus wie der Liebe in den Freudenhäusern. Aber am schlimmsten war es in den Kneipen. Ganze sieben Tage lang war das Bier alle. Die Trinker gingen auf allen vieren und sabberten wie Kleinkinder, schrien, wälzten sich, leckten Fässer, leere Flaschen und giftige Frösche ab.

Als es so aussah, als ob die versoffene Geschichte von Lošonc auf den letzten Akt zusteuern würde, begann aus den Wänden, Abwasserkanälen und Fontänen Hopfensaft zu sprudeln. Über der Stadt breiteten sich bunte Regenbogen aus, und das Leben verwandelte sich in ein endloses slowakisch-ungarisches Musical. Kapia bezeichnete diese Zeit als Paradies auf Erden, wohingegen Kilimandscharo, der einzige Lošoncer, der nur Wasser aus artesischen Quellen trank, unaufhörlich von der Apokalypse und dem Jüngsten Tag babbelte, wenn alle Trinker am

Himmel einen starken weißen Lichtblitz sehen werden, der ihnen alle Eingeweide heraussaugen und ihre Nasen an den Arsch nähen wird.

Nach drei Monaten war die Bierapokalypse vorbei. Die Leute kehrten verkatert und unruhig zum Alltag zurück. Seither glauben die Lošoncer, dass sich, bevor jemand stirbt, über der Stadt ein bedrohliches Krähen ausbreitet und die Hahnenwitwe einen noch warmen Verstorbenen auf die andere Seite der Wahrheit davonträgt. Es bleibt von ihm nichts zurück als schwarze Federn.

Kapia zerrte mich in der Pause ins Schullaboratorium, aus dem er regelmäßig Formaldehyd stahl. Er zeigte mir ein großes Blatt Papier, worauf ein Plan des Krankenhauses und bizarre Zeichen skizziert waren, die nicht einmal er verstand. Er flüsterte die ganze Zeit, denn wenn jemand einen Plan hat, spricht er leise. Zum Schluss gab er mir einen Umschlag mit seinem Testament. Als ich es später durchlas, stellte ich fest, dass er mir seine Schwester und das lila Jagdmesser vermachte. Auch ich bekam die Hausaufgabe, mein Testament zu schreiben, denn man kann ja nie wissen, und wenn man weiß, ist die Wahrscheinlichkeit groß, dass man das Falsche weiß. Kurz bevor er ging, gab er mir eine Ohrfeige und sagte, wir seien uns nie begegnet.

Lasst uns auf dem alten Lošoncer Friedhof beginnen, wo wir einst eine Menge Zeit verbracht haben. Meist spielten wir Soldaten, versteckten uns hinter Grabsteinen mit lustigen Namen, und ab und zu stießen wir einen um oder zerschlugen ihn. Es war nichts Böses dabei, und wir nutzten die Steinplatten angemessen, meist stellten wir uns darauf, um ins Waschbecken reinpinkeln zu können. Ein anderes Mal fanden wir ein Grab, auf dem weder Namen noch Kerzen standen und das mit Unkraut bewachsen war. Wir taten so, als ob es sich um unser verstorbenes Familienmitglied handelte. Also organsierten wir eine Beerdigung und teilten uns die Rollen auf. Kapia war der Pfarrer und ich das Publikum. Wir sprachen von den heldenhaften Taten des Verstorbenen, schnüffelten an Zwiebeln und weinten über seinen unerwarteten Abgang aus dieser Welt. Wir wussten, dass jeder Tote sich wünscht, in Erinnerung zu bleiben. Im Guten, im Schlechten, oder einfach so, damit keine Langeweile aufkommt.

Als eines Abends auf unserem postmortalen Kinderspielplatz der Wächter mit seinem dreibeinigen Hund auftauchte, wurde uns klar – das ist das Ende. Wir entwischten ihnen dank dem Umstand, dass unsere Verfolger in ein offenes Grab fielen, das uns jeweils als Schützengraben beim Spielen des Nullten Weltkriegs diente, in dem Arme von Riesen gegen Bügeleisen mit Hufen kämpften. Damals schworen wir uns, um des lebenden oder toten Gottes willen nie mehr den alten Lošoncer Friedhof zu betreten.

Das Problem war, dass Kapias Plan, der Hahnenwitwe den Garaus zu machen, ausgerechnet diesen Ort und das Krankenhaus nebenan einschloss. Das Krankenhaus hatte drei Teile, wobei sich im ersten Trinker kurierten, im zweiten geboren und im dritten gestorben wurde. Gerade der dritte Teil des weitläufigen Gebäudes spielte im beinahe durchdachten Plan die wichtigste Rolle. »Die Hahnenwitwe kommt nicht zu uns, also kommen wir zu ihr«, sagte Kapia und blickte schelmisch drein wie Kotze im Essbehälter. Wir werden wachen und so lange warten, bis sie über dem Bett eines Verstorbenen auftaucht. Kapia ersticht sie mit dem Jagdmesser, und dann beerdigen wir sie im ausgeschaufelten Grab.

Leicht wie Federn, klar wie Liebe.

Der Moment war gekommen, und wir lagen auf dem kleinen Hügel über dem alten Friedhof, eingehüllt in Dunkelheit und hohes Gras. Von dieser strategischen Stelle hatten wir eine ideale Aussicht. Nicht nur auf den Wächter, sondern auch auf das intim beleuchtete Krankenhaus. Durch die hohen Fensterläden beobachteten wir die müden Gesichter der alten Menschen, unter denen die Erinnerungen, Knochen und verrosteten Betten seufzten, und das zahnige Schlaflied flehte den Tod an, er möge die Flügel ausbreiten und entschweben. Kapia langweilte sich, putzte mit dem Jagdmesser seine dreckigen Fingernägel und wetterte, dass das Sterben furchtbar lange dauere.

Wir lagen dort drei Stunden, die Kleider feucht vom fallenden Nebel, und spürten kaum noch unsere Zehen. Jedes Mal, wenn aus dem Krankenhausfenster ein Husten oder ein tiefer Seufzer ertönte, horchte Kapia auf und betete, dass jemand von ihnen endgültig den Löffel abgeben möge. Dann verzog er enttäuscht den Mund und flüsterte, er werde noch fünf Minuten warten, und wenn bis dann nichts geschähe, ginge er nach Hause Kalbsgulasch essen.

Blödmann, dachte ich. Selbst wenn die ganze Nacht absolut gar nichts geschehen sollte, war ich entschlossen, hierzubleiben, umgeben von hohem Gras, Dunkelheit und Nebel, und bei jenen zu sein, deren Lied dem Ende zuging. Ich tat das Richtige, und in der Welt, wo nur sie und ich geblieben waren, betrachtete ich es als meine Aufgabe, aufmerksam zu schauen und darüber zu schreiben.

Unglücklicherweise hatte Kapia eine andere Meinung. Als er alle einundzwanzig Nägel geputzt hatte, aß er seinen letzten Rotz und meldete, dass wir für heute fertig seien. Er stand langsam auf und nahm eine gebückte Haltung ein, damit ihn der Friedhofswächter nicht bemerkte, der eben seinen sabbernden dreibeinigen Freund mit Hühnerhälsen fütterte. Kapia blieb verwundert stehen, als er sah, dass ich im Gras liegen geblieben war und mit Tränen in den Augen das Fenster des Krankenhauszimmers beobachtete. Er packte mich an der Jacke und wiederholte streng seinen Befehl. Das Schattenspiel, das einen kleinen Schnauzer auf sein Gesicht zauberte, erhob ihn zu einem achtjährigen Führer.

Ich befreite mich aus seiner Umklammerung und antwortete schnippisch, ich wolle bleiben. Kapia geriet in Verlegenheit, seine Backen bliesen sich auf, und die Beine zitterten. Ich wusste nur zu gut, was das bedeutete. Ich hatte alle achtzehn Faustkämpfe gesehen, die er während seines achtjährigen Lebens zu einem siegreichen Ende gebracht hatte. Natürlich jene zuvor verlorenen Duelle mit Bieliks Gefolgschaft nicht mitgezählt. Kapia war ein guter Raufbold, in seiner Gewichtsklasse der beste in Lošonc. Er verlor nie, denn er ging immer nur auf Schwächere los. Gerade deshalb ahnte ich, dass er jeden Moment auf mich losgehen konnte.

Nur keine Panik, wiederholte ich im Kopf, und ehe ich einen vorgespielten heldenhaften Gesichtsausdruck aufsetzen konnte, spürte ich am Rücken eine schmerzhafte Berührung von Kapias Schuhsohle. Er trat mich unter die Rippe mit der gleichen Grazie, wie es die Polizisten im Süden mit vollgepinkelten Landstreichern tun. Ich gab keinen Ton von mir, und alle Scherben des Schmerzes, die sich in meinem Körper ausbreiteten, konzentrierte ich in meine Faust, die ich in Kapias Magen platzierte. Er schrie auf und bekam keine Luft mehr. Sein mädchenhafter Sopran fesselte die Aufmerksamkeit des Wächters, der im Augenblick, als er die Andeutung einer Bewegung wahrnahm, das dreibeinige Monstrum freiließ.

Sehr schnell folgerten wir, dass wir unsere Neckerei auch später beenden konnten, und stoben in Richtung Kirche davon. Kapia war geschickter und schneller als ich. Schuld daran waren meine Titten, die größer als der Busen meiner Mutter waren. Die Schüler der höheren Klassen lachten oft über mich, drehten meine Brustwarzen und riefen, dass ich mal zu einer wunderbaren Amme heranwachsen würde. Kapia lachte mich nie aus, weil wir Genossen waren, und überdies verbot es der Kodex unserer Gang. Ich pflegte immer zu sagen, ich hätte Probleme mit der Schilddrüse, aber Kapia wusste, dass ich mich jeden Abend heimlich in der Vorratskammer mit Sülze vollstopfte, die ich mit Schafkefir hinunterspülte.

Kapia riss mich zur Seite. Anfänglich dachte ich, er wolle mich zurückhalten und dem blutrünstigen Raubtier vorwerfen, aber mir wurde rasch bewusst, dass der Köter uns in einem breiten Bogen umkreiste, und wäre ich in meiner Trajektorie geblieben, hätte ich direkt in seinen stinkenden Fangzähnen geendet. Da kapierte ich, dass wir ein weiteres Problem vor uns hatten, ein größeres und grauenhafteres.

Wir liefen in den schwarzen Wald. Die Lošoncer hatten vor diesem Ort Angst wie der Metzger vor dem Löwenzahn, woben düstere Legenden um ihn und schworen, dass der Wald verflucht sei bis ins Mark seiner tiefen Wurzeln. Wenn's glückt, dann glückt's, grinste Kapia und furzte einen Nachtfalter an, der unter dem Ansturm warmer Winde vom Ast purzelte und ins schwarze Laub fiel.

Wir blieben stehen und versuchten, den verlorenen Atem wiederzufinden. Es beruhigte uns, als wir in der Ferne unseren dreibeinigen Verfolger erblickten, der an der Waldgrenze stehen geblieben war. Sein verzweifeltes Gewinsel deutete darauf hin, dass er um keine hundert Hühnerhälse näher kommen würde. Wir blickten uns um und stellten fest, dass wir von absoluter Dunkelheit eingekesselt waren. Verrenkte Bäume, die an die Glieder von Nachtwichteln erinnerten, der Wald tiefer als der Hals eines Messerschluckers und dichte Baumkronen, durch die kein Tropfen Mondlicht durchfließen konnte. Es schien uns, in einer solchen Dunkelheit existierten weder Zeit noch Bewegung, und nur der Klang könne den Standort aller Dinge bestimmen.

»Solange wir den eigenen Atem hören, sind wir noch am Leben«, raunte Kapia und zündete sich eine Zigarette an.

Mit dem Nikotindocht beleuchteten wir den Weg, verloren im Schoß des gespenstischen Waldes, und jedes Knacken eines Ästchens oder Rascheln eines Blattes bewegte die Feiglinge in unseren Dickdärmen hin zum Akt des Hosenscheißens. Wir waren verängstigt und verkrampft. »In dreißig Sekunden verglühen die Zigaretten, und wir sterben einen grausamen Tod«, murrte Kapia. Mit der Rechten umfasste er das lila Jagdmesser, und das Einzige, was ihn mit Hoffnung erfüllte, war sein verfasster letzter Wille.

»Wenn du stirbst, sterbe ich auch«, flüsterte ich und umschlang die heißen Arme meines besten Freundes auf Erden. Fünfzehn, vierzehn, dreizehn …

Über unseren Köpfen erklang ein entsetzliches Gebrüll.

Es war dermaßen laut, dass es uns den Schweiß vom Scheitel und den Rauch der verglühenden Zigaretten fortblies. Wir duckten uns und waren uns des nahen Endes gewiss. Wir fassten uns an den Händen, und in meiner Vorstellung begannen die schönsten Bilder aus meinem Leben abzulaufen, angefangen mit dem Moment, als mich meine Eltern niederschrieben und damit das Buch der Psalmen um einen neuen Vers bereicherten, fortfahrend mit der Familienfotografie vor dem Haus an der Haličská cesta Nr. 74, der verrosteten Schaukel am alten Birnbaum im Garten, dem Eichenschrank mit Omas Kleidern, Opas Lachen beim sonntäglichen Rasieren, Omas weißem Haar, Opas feinen Händen, dem Seufzen der Actionhelden der 1990er Jahre, dem ersten Einnässen ins Bett, dem ersten Einnässen in der Öffentlichkeit, der tanzenden Flamme der

Kerze auf der blauen Geburtstagstorte, den mit Geheimnissen vollgeschriebenen Heften, Kapias Grinsen nach dem gewonnenen Faustkampf, Alicas reizendem Blick, Mutters Stimme beim Lesen von Budkáčik und Dubkáčik, Vaters Armen so groß wie der Ozean und endend mit den Augen aller Menschen, die mich lieber hatten als sich selbst.

Ich öffnete meine Augen im selben Moment wie Kapia. Die ganze Zeit hatten wir uns an den Händen gehalten wie schwule Schwestern und wussten, dass das Gebrüll, das durch den Wald hallte, in Wirklichkeit ein lautes Krähen war. Als alles verstummte und sich zwischen den Bäumen Ruhe ausbreitete, erblickten wir direkt vor uns die Hahnenwitwe. Sie war in ein weißes Nachthemd gekleidet, das Haar hatte sie zu einem Zopf geflochten, und die Augen waren so schwarz wie die Wölbung der einsamsten Nacht. In den Armen hielt sie die Körperchen der geschlachteten Hähne, deren Blut über ihre bloßen Füße rann. Sie blickte auf unsere Hände, schluchzte leise. In ihrem Blick war nichts Böses oder Feindseliges, es blieb nur Trauer und Leid. Sie streckte ihre dünnen Arme nach uns aus, und die toten Hähne wurden lebendig. Sie flatterten mit den Flügeln, flogen auf und verloren sich in den Baumkronen. Seitdem haben wir die Hahnenwitwe nie mehr gesehen.

Wir zogen die vollgepinkelten Unterhosen aus und schworen auf unsere Freundschaft, dass wird darüber, was im Wald geschehen war, nie jemandem etwas erzählen würden. Den Rest des Heimwegs schwiegen wir.

Im Morgengrauen starb Kapias Vater.

7

Südliche Grausamkeiten

Am Anfang war die Gang. Dann entstand alles andere. Das Wort, das Licht, der Tag, die Nacht, Wasser, Flüsse, Meere, Ozeane, Inseln, Fjorde, Bäume, Aprikosen, Gurken, Urtierchen, Kriechtiere, Gänseriche, Dorsche, Orang-Utans und irische Wolfshunde. Am siebten Tag hellte sich der Horizont auf, und von einer Liane, die aus den Wolken hinunterhing, stieg auf die Erdoberfläche der Mensch. Als Held in Actionfilmen zweifelhafter Qualität, nackt, verschwitzt und entschlossen, sich zu vermehren. Der Rest ist ein abgedroschenes Märchen, das die Prediger Geschichte nennen.

So steht es im Buch der Bücher, das in unserer Familie nie jemand gelesen hat. Alles in allem behauptet mein Opa, der Herrgott sei nur einmal in Lošonc gewesen. Er verirrte sich, als er den Weg nach Gregorova Vieska suchte.

Die Kapitel Novohrads besagen, dass die erste historisch belegte Gang der altgermanische Stamm der Querringe war, der sich im 3. Jahrhundert nach Christus im Delta des Ipeľ niederließ. Die Gemeinschaft, die von alten Schachteln mit hängenden Bäuchen und Titten und verlumpten Männern mit eingefallener Brust dominiert wurde, unterließ die slowakische Geschichtsschreibung auf barbarische Art zu erwähnen, weil sie heidnische Rituale wie die Anbetung von Bäumen, das Heraufbeschwören von Gewittern und die Schächtung erstgeborener Töchter praktizierte. Nach der Ankunft der großgewachsenen langweiligen Slawen trat Frieden ein, der nur selten durch un-

organisierte Aufstände von Gesellen oder Waldbeerensamm-
lern unterbrochen wurde. Die Streifzüge türkischer Heere, deren gebogene Säbel die Unterarme von Lošonc vernarbten und
bis zum heutigen Tag Schrammen in der lokalen Architektur
hinterließen, waren für lange Zeit ein Endpunkt in der frühen
Geschichte des Novohrader Gangstertums.

Ende des 17. Jahrhunderts führte die Bande von Kornel Stru-
hár, Kapias Urururururgroßvater, die erste Brandsteuer auf
dem Territorium von Lošonc in Form von Schweineschmalz
ein. Es folgten Halsabschneider, angeführt vom zweifelhaften
Hellseher Roland von Kuks, die Brandleger Strelinger oder die
Gang der schwarzen Witwen, berühmte Kräuter- und Salben-
frauen, die über dem Land ihre schützenden Flügel während
des Großen Kriegs ausbreiteten, als die meisten Männer von
der Südfront begraben wurden. Dann kamen die Nachkommen
der Witwen, die Bande der Waisen, die verwirrte Wanderer be-
raubte und sich durch die von der deutschen Armee errichte-
ten engen Kanalisationssysteme unter Lošonc bewegte.

Die verkritzelte Weltkarte, die beide Kriege hinterließen,
machte sich Bozos Bande zunutze, kaufte die bombardierten
großbürgerlichen Häuser auf, rekonstruierte sie und startete
ein dickes Geschäft mit Immobilien. Szegéns Horde entdeckte
die Distribution von Spirituosen, Fehérpatakys Gefolgschaft
verhängte Zoll auf den Anbau von Gerste, und Čomáňovás
Gang, angeführt von Kilimandscharos Tante, ging so weit, dass
sie das Tragen von Strickjäckchen und das Atmen besteuerte.

Nach der Samtenen Revolution, die Lošonc mit dreitägiger
Verspätung erreichte, weil an jenem verlängerten Wochenen-
de eine regionale Versammlung der Freunde von Würsten und
russischem Wein stattfand, fiel die ganze Maschinerie in sich
zusammen, und über Novohrad ergoss sich Chaos. Das, was
daraus hervorging, waren nur matte Schattierungen des ver-

blassten Ruhmes der Lošoncer Gangs, desorganisierte Horden Betrunkener und Nichtstuer, ein Haufen Gesindel ohne Furcht und Scheu. Und zu guter Letzt kamen wir, Kapia und ich.

Ich wurde im Sinne eines vorbildlichen Antichristen erzogen. Sei gut zu den Menschen, und die Menschen werden gut zu dir sein, beobachte das Ganze und die Details, höre Geschichten zu Ende, lerne von Freunden und von Dummköpfen, schreibe nicht ab, wenn du einen Fehler machst, soll es deiner sein, hab eine eigene Meinung, aber respektiere andere, auch die Poltárer, und wenn du Brot schneidest, schneide es vorsichtig, denn ein echter Kerl streichelt eine Frau mit allen zehn Fingern. Eltern, Großeltern, Tanten und Onkel haben alles in mich hineingelegt, was sie für richtig und angemessen hielten. Sie hatten nicht nur die Beständigkeit meines Charakters im Auge, sondern auch die Vision, mir eine erfüllte und schöne Kindheit zu ermöglichen.

Es glückte. Die Jahre, die ausgefüllt waren mit Mästerei durch hausgemachte Speisen, Herumrennen im Garten, Toleranz, geeigneten Erziehungsmaßnahmen ohne Anwendung physischer Strafen, dem Verachten des Kindergartenumfelds, dem Wandern in den Lošoncer Bergen, Actionfilmen aus dem rappelvollen Videoverleih, warmen Worten, Schreiben, Nähe und Liebe, flossen ineinander und machten mich zu einem glücklichen Kind.

Danke.

Mit Kapias Ankunft veränderte sich alles. In dem Moment, als sich unsere Blicke während des Slowakischunterrichts trafen, derweil Hrachová die Formen des großen und kleinen Buchstabens L an die Wandtafel kritzelte, L wie Libelle, L wie Land, L wie Liebe, schenkte mir Kapia zum ersten Mal sein legendäres Lächeln, worin sich pure kindliche Unschuld mit dem Samen des Teufels kreuzten. In dem Augenblick wussten wir beide, dass sich zwischen uns ein festes Band gebildet hatte. Eine Gang.

Es begann mit Schneebällen. Sie mussten gerade richtig sein, weder groß noch klein, um in die Hand zu passen, und dabei fest sein, aber nicht zu sehr, sonst zerschlügen sie Glas. Ein idealer strategischer Punkt war der Zaun des Stadtparks, der die Straße mit einer Reihe von Einfamilienhäusern säumte. Wir schmissen den Ball an ein Fenster und versteckten uns hinter dem schneebedeckten Zaun. Anfangs warfen wir die Schneebälle an die Fenster aller Häuser, damit wir anhand der Reaktionen zorniger Mitbürger die Sieger bestimmen konnten. Denjenigen, die unser Tun am meisten aufbrachte, begannen wir das Leben systematisch zur Hölle zu machen. Es erschien uns gerecht, Aktion erfordert schließlich Reaktion, und eine Reaktion bedeutet Nervenkitzel, ein echtes Vergnügen.

Der Schlimmste war der alte Pukanec, Witwer und ehemaliger Polizist, dessen Zweigenerationenhaus mit einer abgeblätterten Kobaltfassade am Ende der Straße stand. Nach dem ersten Ball, der an seinem Fenster zerstob, trat er verwundert auf die Straße, in enganliegenden Unterhosen und einem roten Bademantel, an den Füßen Pantoffeln und in den Augen Enttäuschung. Nach ein paar Minuten läuteten wir an seiner Haustür und versteckten uns. Wieder streckte er den Kopf heraus, und die Enttäuschung wurde von einer misstrauischen Grimasse abgelöst. Als sein Fenster nach einem weiteren Schneeball erzitterte, trat er in der Winterjacke heraus, blickte sich auf der leeren Straße um und spuckte auf den Boden. Eine halbe Stunde später läuteten wir erneut, und so ging es weiter – Ball, Klingel, Ball, Klingel, Ball, Klingel –, ungefähr drei bis vier Stunden täglich, sieben Tage die Woche, sogar am Sonntag, denn Pukanec war kein Kirchgänger. Er ging morgens kurz auf den Markt, wo er frisches Brot, Schafskäse und Kohlrabi kaufte, um den ganzen Nachmittag vor dem Fernseher oder im Dachzimmer zu verbringen, wo er seine Memoiren schrieb.

Als in Pukanecs Garten kleine Kätzchen zur Welt kamen, die nicht einmal der Schäferhund Herodes, ein zottiger Polizeispürhund in Rente, erwürgen wollte, schmiss er sie in einen Sack und warf sie in der Nacht in den Fluss. Wie erstarrt verfolgten wir das bebende Sackleinen, an dessen Oberfläche sich die unentwickelten Pfötchen und Schnäuzchen abzeichneten. Sie gaben verzweifelte Geräusche von sich, die an das Jammern stummer Kinder erinnerten. Pukanec stand auf dem Steg und beobachtete mit einer Zigarette zwischen den Zähnen den schweren auf den Grund sinkenden Sack. Da nahmen wir uns vor, härter durchzugreifen.

Den langsamen und durchdachten Terror, dem wir den ehemaligen Polizeichef aussetzten, steigerten und entwickelten wir laufend. Zu den Schneebällen und dem Klingeln kamen angeklebte Kaugummis auf dem schönen Ziegeltor, bepinkelte Messingklinken und das Reizen des wütenden Herodes. Nach zwanzig Tagen der permanenten psychischen Qual gingen Pukanec die Nerven durch. Er rannte in einem Tarnanzug auf die Straße, auf dem Kopf ein Barett mit einer Rebhuhnfeder, in der rechten Hand eine Flinte, in der linken eine Kette, an deren Ende der wilde Hund bellte, und schwups war er im Stadtpark. Wir rannten auf dem kurvenreichen Pfad zwischen gefrorenen Bäumen und fühlten hinter uns Pukanecs schwere Schritte und das Kettengerassel.

Auf einmal lehnte sich der ehemalige Polizist atemlos an einen Baum und zielte, während Schweißtropfen seinen dicken Bauch hinunterrannen und in die Schneeunterlage sickerten. Im letzten Augenblick überlegte er es sich anders und schoss nicht, ließ die Kette los, und Herodes jagte mit vollem Einsatz uns kleinen Halunken durch den Park hinterher. Es hätte nicht viel gefehlt, und die Reißzähne des abgerichteten Hundes im wohlverdienten Ruhestand wären in unseren Aorten gelandet, aber Kapia wählte ein kluges Manöver und bog scharf nach links ab. Wir trennten uns, und Herodes folgerte nach kurzem Zögern, dass ich seiner Mühe nicht wert sei, und verfolgte Kapia. Mein bester Freund sprintete auf dem breiten, mit einer unsicheren Eisschicht bedeckten Bach, der an einigen Stellen eingebrochen war und langgezogene Risse bildete, ähnlich einem verästelten Stammbaum oder der Struktur von Löwenzahn. Als er es unter seinen Füßen knacken hörte, beschleunigte er und sprang ans Ufer. Etwas Ähnliches versuchte auch der wütende Herodes, aber der zottige Schäfer, der im Polizeikorps beachtliche elf Jahre abgedient hatte und für sein verwitwetes Herrchen alles getan hätte, trat auf die dünne Eisschicht und brach durch die Oberfläche des zugefrorenen Baches.

Ein paar Minuten später kam Pukanec zum Tatort gerannt, fiel auf die Knie und heulte los. Noch am gleichen Abend fand er den gefrorenen Körper seines ertrunkenen Lieblings am Damm zwischen Béter und Mikušovce angeschwemmt. Er begrub Herodes im Garten hinter dem Haus zusammen mit seinem Lieblingsspielzeug, der zerkauten Gummiattrappe eines Huhns mit hervorstehenden Augen und einem pfeifenden Schnabel, schrieb seine Memoiren fertig und zog weg an einen unbekannten Ort.

Für Schuld oder Scham blieb keine Zeit, der Schnee schmolz, und wir mussten uns einen neuen Zeitvertreib einfallen lassen.

Im Frühling bedeckte sich die Wasseroberfläche des Tomášovsees mit bunten Schlangen, die aus ihren Winterverstecken herauskamen und Nahrung suchten. Kleine Fischchen, Mücken und vornehmlich Frösche. Wir saßen am Ufer, die erwachende Sonne schien uns auf die Köpfe, und wir beobachteten dieses faszinierende Spektakel, dem die Natur die Figuren, den

Konflikt und ein unschönes Ende vorherbestimmt hatte. Von Zeit zu Zeit fingen auch wir einen Frosch. Wir durchschnitten die Wasseroberfläche mit dem Unterboden eines alten kleinen Floßes und lauerten sich auf Seerosen aufwärmenden Kröten auf. Kapia umschloss mit den Fingern ein hohles Metallröhrchen mit einem Zentimeter Durchmesser und zwölf Daumen Länge, schob eine dicke Nadel hinein, mit der alte Schachteln Landschaftsbilder auf grobmaschigen Panama-Stoff zu sticken pflegen. Die Aktion musste leise und schnell vonstattengehen, was eine klare Rollenverteilung verlangte. Kapia spuckte, ich suchte die Opfer. Sichtete ich einen auf einer Seerose herumfaulenzenden Frosch, gab ich Kapia ein Signal, er blies anschließend mit voller Kraft in das Röhrchen, aus dem die Nadel hinausflog, ein Weilchen durch die schwüle Luft sauste und sich schließlich in die Stirn der schockierten Amphibie bohrte. Dann folgte der schwierigste Teil: Ich musste den Körper auffangen, bevor er in die Tiefen des Sees hinabglitt. Die ganze Prozedur erforderte Können und Geschicklichkeit, die im Fall des Erfolgs mit einem gastronomischen Erlebnis gekrönt war.

Über dem Feuer schmolzen wir im Feldkochgeschirr ein Klümpchen Schweinefett, dann folgten ein paar Brennnesselblüten, ein Tropfen Essig, und am Schluss kam der frische Frosch hinein. Sieben, acht Minuten, und die Lošoncer Froschschenkel waren geboren. Idealerweise warm servieren mit einem Glas Holundersirup und in Piccalilli getunkt, eine scharfe Mischung aus roten südländischen Tomaten und Peperoni.

Warnung: brennt zweimal, manchmal auch beim Pinkeln.

Der Tomášovsee, dessen Grund mit Lehm, in Beton eingegossenen Unglücklichen sowie Fisch- und Vogelskeletten gepflastert ist, bot neben einem reichen Repertoire an Lebewesen auch andere Freuden. Das Ufer, umspült von trübem und geheimnisvollem Wasser, war nämlich voller Schlamm. Beim

Blick aus einem Luftballon stellte der See einen vollkommenen Kreis dar, ein blauschwarzes Auge, umschlossen von einem rostbraunen Ring. Dieses Naturphänomen, das in Novohrad in keiner Weise außergewöhnlich ist, bildet ideale Voraussetzungen für einen Šumbajkakrieg. Der Kämpfer hält den Stock und schwingt das lehmige Ende, wobei er darauf achtet, den Gegner zu treffen, idealerweise ins Gesicht oder zwischen die Rippen.

Als es wärmer wurde, kamen Kapia und ich regelmäßig mit einer Menge blauer Flecken und Veilchen zur Schule. Das Argument, dass die Wunden von groben Fußballtrainings herrührten, griff bei den Lehrern und Eltern so lange, bis meine Mutter in der Metzgerei den ewig missgelaunten Mannschaftstrainer mit dichten Augenbrauen und einem Soproner Akzent antraf, der bei der Erwähnung meines Namens die Bemerkung fallenließ, diesen dicken Bengel nur einmal mit vorgetäuschter Laryngitis im Training gesehen zu haben, seither hätte er sich nicht mehr blicken lassen. »Aber für die Trainings werden Sie weiterhin bezahlen, nicht wahr?«

Einen Ersatz für die Šumbajkakriege zu finden und gleichzeitig nicht wie ein gequältes Kind auszusehen war ein viel kleineres Problem, als wir dachten. Lošonc, das irdische Paradies für kleine Forscher, die neue Grenzen von Abenteuern und Gaunereien auszuloten suchten, hatte einige Pik-Könige im Ärmel. Angefangen mit Feuerspielen, die winzige Brandstifteretüden sowie einen angezündeten Strohschober umfassten, gefolgt vom Bauen von Bunkern auf der öffentlichen Mülldeponie bis hin zum berühmten Telefonspiel. Es reichte, den günstigen Augenblick zu nutzen, wenn die Eltern fort waren, sich des Festnetzes zu bemächtigen, das zu jener Zeit in den wenigsten Haushalten fehlte, und anschließend den Finger durch das Telefonbuch spazieren zu lassen.

Der Vorname ist Geschenk, der Nachname ist Schicksal. Natürlich kann ihn jeder auf dem Standesamt ändern lassen, aber im kleinen Lošonc hätte der Akt der offiziellen Namensänderung einen weitaus heftigeren und traumatisierenderen Ereignisablauf zur Folge gehabt. Deshalb tauchten im Verzeichnis neben den Telefonnummern Perlen wie Ficker, Mord, Fettig, Eierstock, Klohocker, Leichenberg, Gwark, Kackmann, Fleischfresser, Möslein, Pinkl oder Penner auf. Anfangs wählten wir eine Nummer und machten uns einfach über den Träger des witzigen Namens lustig, manchmal wiederholten wir den Familiennamen wieder und wieder wie Schamanen den Voodoo-Zauber, oder wir lachten bloß überheblich. Später kam das Konzept des blauen Sterns. Damals lief der Wettbewerb mit der Orion-Schokolade, und jeden, der am Fenster das Logo mit dem blauen Stern angeklebt hatte, konnte die Glücksgöttin in Form des erträumten Telefonanrufs anlächeln.

»Guten Tag, haben auch Sie am Fenster den blauen Stern von Orion?«

Wenn verneint wurde, beendeten wir das Gespräch.

Wenn bejaht wurde und den glücklichen Bürger am anderen Drahtende Anwandlungen von Wohlbefinden zu überfallen begannen, riefen wir etwas wie: »Dann scheren Sie sich zum Teufel, denn wir arbeiten für Milka, Herr Klohocker!«

Als wir der Anrufe überdrüssig wurden, kehrten wir zur physischen Konfrontation zurück. Objekt unseres Interesses wurde der Polizeichef Adorian, der Kapias Vater geohrfeigt hatte, weil dieser in der Kirche Ungarisch und nicht Slowakisch gesprochen hatte. »Ich werde das mit dem Alten nicht klären«, brummte Kapia ein paar Tage nach dem Zwischenfall, knabberte die Haut um seine Fingernägel herum ab und modellierte daraus Kügelchen, die er Passanten anspickte. »Sünden sind doch erblich«, konstatierte er mit solcher Selbstverständlichkeit, als ob er vom Abwischen des Hinterns mit der linken Hand spräche. Letztlich hatte er recht. Warum sollten wir mit einem Älteren und Stärkeren kämpfen, wenn wir seinen siebenjährigen Sohn und die zehnjährige Tochter verprügeln konnten? Also pflückten wir große Sonnenblumen, tauchten sie in die Senkgrube und lauerten ihnen im Park auf. Als die beiden von der Schule heimgingen, peitschten wir sie mit den gelben Kackesäbeln der Gerechtigkeit so aus, dass ihre Gesichter den ganzen folgenden Monat rot waren.

»Wenn euer Alter noch einmal meinen Alten anfasst, rotte ich euer ganzes Geschlecht aus und pinkle in jede Ecke eures Hauses!«, schrie Kapia, während sie weinend so schnell nach Hause rannten, dass ihre Schuhsohlen glühten.

Spaß hatte in Lošonc viele Gesichter, die manches Mal in finstere und unerforschte Gebiete vordrangen, wo sich die Kindheit mit dem Erwachsensein vermischte und seltsame oder gar gefährliche Hybride ans Ufer spülte. Das war nichts für uns. Natürlich ging ab und zu etwas kaputt, wie im Fall von Pukanecs Hund oder Ähnlichem, aber unser Hauptziel war das Spiel, rein und ehrlich wie der Atem eines Neugeborenen. Wir wussten von Banden, die in den Wäldern Katzen erhängten, streunende Hunde mit rostigen Nägeln an wackelige Zäune nagelten und kranken Tauben die Flügel brachen. Das waren Idioten, etwa Zehn- oder Elfjährige, die in die zweite Primarschulstufe übergetreten waren und das Gefühl hatten, es reiche, die Hose herunterzulassen, und die ganze Welt, die Natur, Wiesen, Meere und Kreaturen würden sich von ihnen durchnehmen lassen. Zumeist handelte es sich um Kinder aus guten Familien, die von den Eltern zur Schule, zum Klavierunterricht oder zum nachmittäglichen Tennistraining gefahren wurden und dicke Pausenbrote mit Frikadellen und angeblich französischem und angolanischem Schmorschinken hatten. Unter

Umständen bekamen sie auch ein fettes Taschengeld, mit dem sie im Buffet angaben und alle Bonbons nur deshalb aufkauften, um sie vor Publikum ins Pissoir zu werfen. Für solche Typen bedeuteten Ausflüge in die Welt der Aggression und Liederlichkeit pure Wonne, Streifzüge in unerforschte Territorien verbotener Obstgärten. Aber für diese Ausflüge hatten sie selber keine Eier, ihre Gene erlaubten es ihnen nicht, in die Gosse hinabzusteigen und mit ihr zu verschmelzen. Sie brauchten jemanden, der sich auskannte, der sie anlernte. Sie brauchten Begleiter.

Die Begleiter gingen aus zerrütteten oder gestörten Familien hervor, waren Waisen, Opfer von Gewalt oder sexuellem Missbrauch. Sie kannten die Finsternis, sie war ihnen vertraut, sie fassten sie an und wurden von ihr berührt. Sie sahen und fühlten, was niemand anderer konnte, und waren viel tiefer vorgedrungen, als es das kindliche Universum erlaubte. Verdrängt aus der Welt der Kindheit und Sorglosigkeit, verstreut im Niemandsland. Und ungeachtet dessen, dass sie auf allen geografischen Längen und Breiten lebten, von Bordeaux über Veľký Krtíš bis nach Caracas, wiesen sie bestimmte physische Gemeinsamkeiten auf.

Mädchen wie Jungen. Ihr Körper war sehnig und fest. Das Haar kurz, meist dunkel. Die Schultern gekrümmt und gespannt wie ein Bogen, die Lippen blau, die Augen himmelblau und ruhig. Durch die ungesund helle Haut schimmerten dünne bläuliche Gefäße voll dunklen Blutes. Die Stimme war rau und der Gang leise, schnell. Meist hatten sie einen physischen Mangel, sechs Finger an den Händen oder sechs Zehen an den Füßen, ein schielendes Auge, unvollständig entwickelte Genitalien. Zu erwachsen für Kinder, zu kindlich für Erwachsene.

Kinder aus besseren Familien, die sich nach einer unanständigen Vergnügung sehnten, bezahlten ihre Begleiter häufig und verlangten im Gegenzug, von ihnen alles zu lernen. Von der Welt, von der Finsternis, von der Grausamkeit. So entstanden undenkbare Verbindungen zwischen Pöbel und Elite. In Lošonc, aber auch auf der ganzen Welt verlagerte sich das Universum der Kindergangs auf die Begleiter, die die Kindlein aus den höheren Schichten führten, Neureiche und verhätschelte Muttersöhnchen, und ihnen die Türen der Häuser von Erhängten öffneten. Nicht um des Geldes willen, nicht um der Macht willen, nicht um der Freude am Spiel willen. Das erste Mal im Leben brauchte sie jemand wirklich.

»Und was ist mit Bielik?«, fragte ich Kapia, der an einer zerbrochenen Zigarette zog und auf die Oberfläche des Tomášovsees hinausblickte. Die Frage hatte ihn sichtlich überrascht. Letztlich auch mich. Wir saßen am Ufer, und unsere nackten Fußsohlen wurden von trüben Wassern mit schaumbedeckten Zungen umspült.

»Was soll schon mit ihm sein?«, erwiderte er gereizt.

»Na ja, er ist weder Elite noch Pöbel, er ist irgendwo in der Mitte. Ist das nicht seltsam?«, entgegnete ich und wunderte mich über mich selbst, in dem Moment an den egoistischen Broiler Bielik gedacht zu haben, den Fatzke, Schönling und Alicas minderjährigen Liebhaber.

»Vergiss Bielik!«, beendete Kapia die Debatte, und die Stille, die um uns herum eintrat, unterbrach nur das Jagdmesser, mit dem er in regelmäßigen Intervallen in den rostfarbenen Sand stach. Ich beobachtete ihn in jenem sonderbaren Krampf von Wut und Autismus, der für Kapias Zustände der Beklemmung so typisch war wie der Uringeruch für die Lošoncer Budiken.

»Du bist mein Begleiter, nicht wahr?«

Kapia schaute mir in die Augen und schwieg. Er zog an der Zigarette und warf sie ins ruhige Auge des Sees, der sich unmittelbar danach mit Hunderten feinen Rissen bedeckte. Die Kippe, die auf der Oberfläche schwamm, wurde von einem Dutzend Kaulquappen der Gattung Litoria xanthomera umkreist. Sie knabberten an der Zigarette wie eine Armee Ameisen an einer verirrten Dornfingerspinne, und bevor sie sich bewusst wurden, dass die Zigarettenkippe über ihre Kräfte geht, wurde ein Teil von ihnen zusammen mit der Kippe von der Coenagrion puella verschluckt, einer Süßwasserlibelle, die ihren Flug mit einer Geschwindigkeit von fünfzig Kilometern pro Stunde dicht über der Wasseroberfläche weiterführte, ohne zu bemerken, dass in ihrem Verdauungstrakt etwas aufgetaucht war, was nicht dorthin gehörte. Da erwischte sie das Maul einer Erdkröte, Bufo bufo, die sich im letzten Moment entschied, angesichts der Größe der Beute nicht die ellenlange Zunge zu benutzen, sondern die starken Backen. Während der Konsumation des Opfers, dessen Körper sie mit den vorderen Extremitäten festhielt, folgerte sie, eine gute Entscheidung getroffen zu haben. Gerade war sie dabei, die festgefahrenen Gewohnheiten infrage zu stellen, die sie zwangen, ausschließlich in der Nacht oder während der Regenfälle zu jagen, als der meterlange Körper einer Würfelnatter, der Natrix tessellata, aus dem Wasser auftauchte, der Kröte einen tödlichen Schlag verpasste, sie mit ihrem Körper umklammerte, ziemlich schnell hinunterschluckte und mitsamt der Zigarettenkippe in ihrem Verdauungstrakt unter der Oberfläche des Sees verschwand.

Alles war so, wie es sein soll.

8

Der Anzug

Der Körper des Vaters meines besten Freundes wurde gewaschen und in einen alten Frack gekleidet. Man legte ihn in einen Sarg, der im Wohnzimmer des Verstorbenen aufgestellt wurde. Drei Tage und drei Nächte beweinten ihn schwarz gekleidete alte Frauen mit Krampfadern. Klageweiber, sie stanken nach Naphthalin. Erst nach dem Tod von Kapias Vater erfuhr ich, dass er Gregor geheißen hatte. Ein schöner Name. So würde ich auch gerne heißen.

Als mich die Nachricht von seinem Tod erreichte, eilte ich auf die Straße und hämmerte ein paar Minuten später an Kapias Haustür. Auf der Schwelle umarmte ich seine Mutter und rannte die Treppe hoch ins Kinderzimmer. Kapia saß auf dem Bett und betrachtete durchs Fenster die rauchenden Schornsteine der Tabakfabrik. Er wirkte, als würde er nicht nur mich, sondern auch sich selbst nicht wahrnehmen. Ich setzte mich neben ihn und nahm seine Hand. Ich blieb den ganzen Tag und die ganze Nacht bei ihm. Hinter dem Fenster nur rauchende Schornsteine und Krähen, die Kreise beschrieben über dem frisch ausgehobenen Grab.

Zu Hause taten alle so, als ob nichts geschehen wäre. Mutter kochte Würstchen, Vater las Zeitung, mein Bruder räumte sein Zimmer auf, und der Hund leckte sich die Eier. Das Panoptikum ruhiger und ausgeglichener Menschen, die reagieren, indem sie nicht reagieren, trieb mich in den Wahnsinn. Aber der Schock, der meinem Ärger eine neue Dimension verlieh, stellte sich im Kinderzimmer ein. Am großen Schrank aus dunklem Holz, dessen Oberfläche mit ausgeschnittenen Bildern von Actionhelden bedeckt war, hing mein erster Anzug. Er war in durchsichtige Plastikfolie eingepackt, durch den dunklen Velours zogen sich senkrechte gesteppte Streifen, und er roch wie die Oma mit rosarotem Haar, die im Warenhaus unechte Perserteppiche verkaufte. Warum soll man nur dann schön aussehen, wenn etwas Schlimmes passiert? An meinem achten Geburtstag hatte ich ausgeleierte Trainingshosen und einen Pulli mit Nilpferden an, die wie Nashörner aussahen.

Den Anzug schloss ich im Schrank ein, und den Schlüssel spülte ich die Toilette hinunter. Ich schwor mir, ihn nicht anzuziehen, selbst wenn er mich unsichtbar gemacht und ich ohne Scham die duschende Alica hätte beobachten können. Als ich realisierte, dass im Schrank nicht nur der Anzug, sondern auch alle meine Kleider und Spielsachen geblieben waren, musste ich Vater bitten, die Tür aufzubrechen. Unter anderen Umständen wäre er sauer gewesen und hätte mich unter Hausarrest gestellt, um es am nächsten Tag wieder zu vergessen, aber diesmal war er ruhig, strich mir übers Haar und sagte, ich dürfe das Licht die ganze Nacht brennen lassen. Wenn ich wolle, könne ich bis zum Morgengrauen lesen. Er schaute mich an, und in jenem stillen Moment war ich nicht nur sein Kind, sondern ein realer und erwachsener Mensch, dem er sein Beileid aussprach. Er ging und ließ die Tür einen Spaltbreit offen.

Kapia reagierte bis zur Beerdigung nicht auf meine Funkappelle. Als ich ihn besuchen wollte, sagte seine Mutter, Kolomanko sei krank.

Wer zur Hölle ist Kolomanko?

Am schlimmsten war es in der Schule, wo sich Kapia ebenfalls nicht blicken ließ. Hrachová, die alte Kreide, die zwischen den Beinen Schafe weidet, verkündete, Koloman mache eine schwierige Lebensphase durch, deshalb sollten wir gemeinsam für ihn beten. Alle fassten sich an den Händen, schlossen die Augen und begannen brav zu murmeln. Ich gab keinen Laut von mir. Wenn jemand wusste, was Kapia glücklich machte, so war ich es. Etwas Ähnliches dachte Alica wohl auch, denn auch sie wollte sich nicht bekreuzigen. Der Blick, den wir uns zuwarfen, während alle anderen Floskeln herunterleierten, von denen sie einen Scheiß verstanden, war lang und intim. Als ob sie nach langer Zeit meiner Existenz gewahr wurde. Sie lächelte so unvermerkt, dass es vielleicht gar nicht geschah.

Hrachová beendete die Predigt und ging fließend dazu über, wieso es wichtig ist, die Erde nicht zu bestellen. Dumme Kuh, als ob man die Erde bestellen könnte wie ein Schnitzel!

Auf dem Weg zur Garderobe rannte der irre Turnlehrer mit einem Medizinball und Murmeltiersalbe in schwindelerregendem Tempo an mir vorbei ins Kabinett. Ich legte meine Sandalen ins Schränkchen und realisierte, dass ich in der Garderobe alleine war. Als ich die von Motten belagerte Neonbeleuchtung ausschalten wollte, unterbrach eine Hand meine Bewegung. Sie war warm, klein, und auch ohne das Bild erkannte ich den Rahmen. Alica stand im flimmernden Licht, und wäre ich nicht in Trauer gewesen, hätte ich sie auf der Stelle geheiratet.

Sie zog mich an sich, und ich fühlte die Last aller Jungfrauen der Welt, die in Form einer regenbogenfarbenen Zeitbombe von meinen Füßen über die Knie bis zum Schritt aufstieg, wo sie eine heiße Farbexplosion aller Geschmäcker und Schattierungen hinterließ. Ich wollte mir die Haut vom Gesicht ziehen, daraus eine Tasche machen und Alicas Liebe irgendwohin bringen, wo uns niemand finden würde. Meine Fingerspitzen ertaubten, das Licht der Neonröhre strebte auseinander wie vom Liebesbahnhof wegführende Schienen, und ich zitterte vor Angst, Alica könnte eines Tages aufhören, mich zu lieben.

Als ich die Augen öffnete, stand Alica über mir und schaute mich mitleidsvoll an. Ich war ohnmächtig geworden, und damit nicht genug, ich hatte mir in die Hose gepinkelt. Sie half mir aufzustehen und staubte meinen Rücken ab. Dabei blickte sie mich mit großen Augen an, was mir sofort das Gefühl gab, alles werde gut.

Plötzlich schob sie mir einen hellblauen Briefumschlag in die Hand, der wie ein salziges Wiegenlied der singenden Meereswellen duftete. Hätte ich mich nicht gegen die Wand gelehnt, wäre ich erneut ohnmächtig geworden, hätte mir auf der Treppe möglicherweise die Vorderzähne ausgeschlagen und bis ans Ende meiner Tage gelispelt wie der alte Kubiš, über den auch Stumme laut lachen. Alica beugte sich zu mir und unterschrieb mit ihren roten Lippen auf meiner Backe. Dann ging sie.

Ein paar Sekunden später begriff ich alles. Der Brief galt nicht mir, sondern Kapia.

Zu Hause kämpfte ich um meine Beherrschung, untersuchte das Innere des Umschlags unter dem Licht und versuchte zu lesen, was zwischen Kapia und Alica bleiben sollte. Ich schlug mit den Fäusten gegen die Wand, ich musste standhaft sein wie ein Ninja, ich durfte nicht ausscheren! Ich musste mich hinsetzen, weil mir von all dem schwindlig wurde, und es fehlte wenig, und alle meine Trugbilder hätten sich mit mir und gegen mich zu drehen begonnen. So saß ich und wartete, bis die Nacht einen Bogen beschrieben hatte und an der Morgendämmerung zerbrach. Erst als der neue Tag ins Zimmer drang, zog ich meine Kleider aus.

Nackt stellte ich mich ans Fenster und beobachtete das Panorama des morgendlichen Lošonc. Menschen eilten zur Arbeit, gähnten, lächelten, lasen die Zeitung und waren so unbedeutend und grotesk, dass es beschämend war. Sie wussten nichts von Gregor, Alica oder dem ungeöffneten blauen Briefumschlag, der auf meinem Tisch lag. Ich zog mir Socken an, dann die Unterhose, Hemd, Hose und zum Schluss das Sakko. In meinem neuen Anzug legte ich mich aufs Bett und hielt den Umschlag mit beiden Händen fest, wie eine Urne aller lächerlichen Lieben, die endeten, ehe sie begannen.

Ich wartete in dieser postmortalen Stellung, bis mich meine Mutter zum Frühstück rief. Ich tat so, als ob nichts geschehen wäre, und die ganze Familie war gehörig stolz auf mich. Sie lobten meinen Anzug, und ich kriegte ein Würstchen mehr als gewöhnlich.

Der Weg zur Beerdigung war lang und langsam. Vater stellte das Auto auf dem Parkplatz für Schwerbehinderte ab und ließ verlauten, müsste er eine solche Strecke zum Friedhof zu Fuß gehen, würde er erlahmen. Da schlug neben unserem Auto der Blitz ein, und es begann zu regnen.

In der Kirche hatten wir ganz gute Plätze. Kapia saß vorne, blickte starr vor sich hin und streichelte seiner Mutter über den Rücken. Wir saßen in der Sektion für enge Freunde, denn mein Vater hatte Gregor ab und zu etwas fürs Bier geliehen oder ihm einen Auftrag in der Sägerei zugeschanzt. Auch Alica war mit ihrem Vater dort. Sie trug ein langes schwarzes Kleid, das auf dem kalten Pflaster auseinanderlief, und wenn sie die Beine überschlug, sah ich durch den Spalt in der Holzbank ein Fragment ihrer gebräunten Wade. Auch in Gegenwart des Todes war sie wunderschön wie eine Meerjungfrau. Wären da nicht die argwöhnischen Blicke der dicken Engelchen gewesen, die die hohe Kuppel des Gotteshauses schmückten, hätte ich angefangen zu sabbern. Hinten saßen unbedeutende Bekannte oder Abgraser von Totenmahlen, die kamen, um sich aufzuwärmen, ein bisschen zu weinen und sich eine warme Suppe zu gönnen.

Der Pfarrer war dick und fasste sich kurz. Seine Rede war zweisprachig, zuerst ungarisch, dann slowakisch. Ich erfuhr, dass auch Gregor ein Kind Gottes war, und sollte er gewissenhaft die himmlischen Fersen küssen, würde seine Seele eines Tages das ewige Heil erlangen. Am Schluss stellte sich heraus, dass es ausgerechnet der Pfarrer war, der zu Kapias Vater ins Wirtshaus zu gehen pflegte und ihn tadelte, er solle aufhören zu saufen, sonst würde er eines Tages an seinem Erbrochenen ersticken. So war es auch geschehen, und der arme Tropf, der Gregor in der Badewanne gefunden hatte, war niemand anderer als Kapia gewesen.

Dann löste Kapias Mutter den Pfarrer ab. Mit bleichem Gesicht und trüben Augen sagte sie etwas über ihren Gatten, aber wegen der weinerlichen Abgraser von Totenmahlen um mich herum hörte ich einen Scheiß. Auf einmal sank Kapias Mutter weinend zu Boden. Kapia rannte zu ihr hin, streichelte ihr Gesicht und bildete mit den Armen eine feste Hülle um ihren Körper. Endlich etwas Aufregung, dachte ich. Der Anzug war mir zu eng, das Hemd kratzte, und die Krawatte würgte mich. Sicher wäre es nicht nur mir, sondern auch dem verstorbenen Gregor, der die ganze Feierlichkeit aus dem offenen Sarg verfolgte, in Trainingshosen und einem mit Letscho bekleckerten Unterhemd bequemer gewesen.

Fünf Männer und Kapia hoben den Sarg hoch und schritten über den Friedhof. Hinter ihnen bildete sich eine lange Schlange von Gestalten in schwarzen Kleidern und Anzügen, am Ende jagten sich kleine Kinder. Wir blieben bei der frisch ausgehobenen Grube stehen, in die der Sarg hinuntergelassen wurde. Der Pfarrer sagte ein letztes Lebewohl, jeder Trauergast trat ans ausgeschaufelte Grab, stellte sich Gregors Gesicht umgeben von Wattewölkchen vor oder spielte in Gedanken ein kurzes Erinnerungsvideo ab, warf eine Handvoll Erde hinein, bekreuzigte sich und hoffte, das Totenmahl würde nicht so dürftig sein wie letztes Mal.

Als ich an die Grube herantrat, sah ich Kapias Vater ausgestreckt auf dem Liegestuhl im Garten. Er hatte Unterwäsche an, trank Bier und beobachtete den Nachthimmel. Schlief er ein, hüllte ihn Kapia in eine Decke, nahm ihm die brennende Zigarette aus den Fingern und rauchte sie als guter Sohn zu Ende. Das machte er jeden Abend außer dienstags, dann schlief sein Vater in der Badewanne. So war meine Erinnerung an Gregor, ruhig und eingemummt in eine rote Decke, dem Bier und dem Himmel überlassen, der von Supernovae durchquert wurde.

Alle Anwesenden verweilten kurz am Grab und schritten dann in einem langen Zug weiter bis zu Kapias Haus, wo das Totenmahl stattfand. Ich wollte mit meinen Eltern losgehen, denn ich wurde allmählich hungrig, und jemand verriet mir, es würden auch gefüllte Paprika serviert. Aber als ich Kapia unbeweglich am Grab seines Vaters stehen sah, verspürte ich im Herzen einen unendlichen Schmerz. Ich trat zu ihm und klopfte ihm männlich auf die Schulter. Zwei wunderliche Friedhofsangestellte schütteten währenddessen Erde auf den Sarg und tauschten dabei schlüpfrige Witze aus.

Ich weiß nicht, wie lange wir an Gregors Grab standen, weiß aber, dass es gut endete. In der hinteren Hosentasche spürte ich Alicas Umschlag, der sich danach sehnte, dem Adressaten zugestellt zu werden, und in dem Augenblick, als Kapia mich anlächelte und umarmte, bot sich die ideale Gelegenheit, um ihm den Brief zu übergeben. Kapia zerzauste mir das Haar und betrat das Feld, auf dem ein paar Jahre später Hunderte neue Gräber angelegt werden würden.

Ein letztes Mal blickte ich in die Grube, in der die Aussichten eines guten Menschen, eines schlechten Vaters und eines mittelmäßigen Landvermessers endeten. Ich nahm den Umschlag hervor, worin ein Brief wartete, der vielleicht voller Liebe und mit Zentimetern unerfüllter Nähe ausgekleidet, vielleicht auch leer und wertlos war wie ein platonisches Gefühl, und ließ ihn in die Tiefen der Erde fallen. Dort würden ihn einzig dicke Wurzeln lesen, die die Fußknöchel der Toten umwuchsen, denn weder Regenwürmer noch Maulwürfe haben schließlich Augen.

Ich drehte mich um und rannte Kapia hinterher. Mein bester Freund auf Erden zündete sich eine Zigarette an, musterte mich und sagte, im Anzug sähe ich wie ein Lehnsherr aus.

In der Kirche hatten sie nicht gelogen. Beim Totenmahl wurden tatsächlich gefüllte Paprika serviert.

9

Zartheit

Es war das größte Gewitter in der Geschichte von Lošonc. Nicht einmal das berühmte Schneegestöber aus dem Jahr 1905 war damit vergleichbar, als der gewaltige Sturmwind eine beleibte Nonne weit in den Norden fortwehte. Als angetrunkene Jäger im Wald unweit von Zakopane eine vom Baum hängende Frau im Habit entdeckten, hielten sie die Szene für ein göttliches Zeichen. Sie versetzten der Nonne den Gnadenstoß, balsamierten sie ein und stellten sie im Maisfeld aus als Warnung für alle Antichristen der Welt.

Wahrlich, es war das größte Gewitter in der Geschichte von Lošonc. Anhaltende Hitze, elektrisierende Luft und der aufkommende Wind vollbrachten nach der Abenddämmerung ihr großartiges Werk. Der Himmel färbte sich schwarz, dann braun und zuletzt violett. Die Melodie der Regentropfen, die auf Brüstung und Dachziegel trommelten, schwebte über der Stadt wie ein Requiem für unzuverlässige Meteorologen. Der Wind trug Kanaldeckel, Stalldächer und entlaufene Katzen hinweg. Alles, was Beine und Verstand hatte, machte sich aus dem Staub und versteckte sich im Dämmerlicht der Ziegelhäuser. Ein paar Pechvögel, die keine Beine oder keinen Verstand hatten, unter Umständen weder das eine noch das andere, schickte die Natur in die Ewigkeit – mit Blitzen, Tropfen, stechend wie ein Schwarm Wildbienen oder Eisschollen von der Größe eines Neugeborenenkopfes. An jenem Abend machte der Todesengel am Schaft seiner Sense bemerkenswerte siebzehn Kerben. Es hätte nicht viel gefehlt, und zwei weitere Seelchen wären zur Sammlung hinzugekommen. Kapia und ich.

Einen Monat nach der Beerdigung des Vaters meines besten Freundes gelang es mir, Kapia aus dem Haus zu locken. Ich wusste, dass etwas nicht in Ordnung war, und ich hatte recht. An der Oberfläche war alles beim Alten, das Haar ungewaschen und fettig, abgenagte Fingernägel, Dreck und Rotz versteckend, der Gang leger und schlendernd, und der nach hinten gebeugte Kopf in den Schritt des Himmels starrend. Aber Kapias Augen, in denen einst die ewigen Teufelslämpchen blinkten, gehörten jemand anderem. Die Pupillen bleich und still, dunkel verfärbte Haut um die Wimpern und der Blick leer wie ein Freudenhaus vor dem Zahltag.

Selbstverständlich ließ ich als richtiger Kamerad meine Zweifel nicht durchblicken und führte Kapia an unseren beliebten Platz. Unterwegs trafen wir Bielik und seine Gang. Zwei Rotschöpfe, die Zwillinge Karči und Lajči, zogen mich beiseite und glotzten mich an wie Bassets mit geschwollenen Eiern. Bielik trat währenddessen zu Kapia und flüsterte ihm etwas zu. Dann winkte er seine rothaarigen Gorillas herbei, und das Grüppchen verschwand hinter der Hausecke. Ich fragte ihn aus, aber Kapia war uneinnehmbar wie das Schloss Halič.

Von der alten Eisenbahnstation, durch die einst Weizen aus der Dampfmühle in die ganze Slowakei befördert wurde, war nur eine heruntergekommene Erinnerung geblieben, verrostete Lokomotiven, ein mit Spinnennetzbildern durchwobener Bahnsteig und die Herrentoilette, in der ein Apfelbaum wuchs. Es war unser Platz, wo wir früher gespielt und abenteuerliche Pläne geschmiedet hatten. Das, was die Zeit nicht zu Ende geführt hatte, war von Kilimandscharo vollbracht worden, der den Bahnhof zu einem seiner Sommerapartments umfunktioniert hatte. Jeden Sonntag organisierte er nun auf dem Blechdach eine Autorenlesung aus seiner eigenen Version des Alten Testaments.

Ich beschritt mit Kapia die Gleise, die sich zwischen den hohen Grasbüscheln verloren, und zog aus dem Rucksack ein kleines blaues Schächtelchen hervor. Ich gab es ihm und wartete auf seine Reaktion. Er wollte es schütteln, aber ich deutete an, es lieber nicht zu tun. Hätte der alte Kapia hineingeschaut, hätte er unweigerlich gelächelt wie ein Kind, und es wären ihm die bizarrsten Methoden in den Sinn gekommen, wie man einen wehrlosen Nager töten kann. Aber der neue und trauernde Kapia lächelte nicht, und falls ihm ein Gedanke aufblitzte, so hing er sicher nicht mit dem niedlichen Meerschweinchen zusammen, das in der blauen Schachtel kauerte. Mein bester Freund schaute mich an, als ob ich ihm den Morgenkakao ausgetrunken hätte, und ich wusste, dass ich ihm eher einen Chinchilla hätte kaufen sollen.

»Du kannst es ersticken«, begann ich beschämt und unsicher, »ihm die Augen ausstechen, es über dem Feuer braten und seine schmerzhaften Grimassen beobachten, oder ihm den Bauch aufschlitzen und seine Innereien untersuchen wie ein Forscher aus einer fernen Galaxie. Es gehört dir, mein Freund!«

Kapia sagte kein Wort, nahm das winzige Tier auf die Handfläche und schaute ihm eindringlich in die Augen. Er atmete immer schneller und drückte die Finger langsam in den feinen Körper des dummen Nagers, der pfiff und die kleinen Zähnchen fletschte in der Annahme, das Schicksal würde sich seiner erbarmen. Ich wartete und beobachtete, was geschehen würde. Irgendwo zwischen Gallenblase und Frühstück spürte ich den guten alten Kapia näher kommen. Ich bemerkte nicht einmal, wie der Himmel über Lošonc schwarz wurde und sich bog wie der Rücken einer Ballerina.

Kapia legte das Meerschweinchen ins Schächtelchen zurück

und ging schweigend weiter die Schienen entlang, die den dichten Wald säumten. Ich wusste, es war eine Dummheit, ihm zu folgen, es war sogar eine gefährliche Dummheit, aber was tut man nicht alles, wenn man auf der ganzen weiten Welt endlich seinen besten Freund wiedergefunden hat?

Wir blieben am Waldrand stehen. Kapia kauerte sich nieder und legte das Meerschweinchen ins feuchte Gras. Der verwirrte Nager blickte eine Weile umher, wägte in seinem winzigen Gehirn alle Vorzüge und Nachteile ab, wertete Risiken aus, die im tiefen Wald lauerten, und wäre die Evolution ihm gegenüber nicht so grausam gewesen, hätte er sich auf die methodische Skepsis gestützt, die ihm einflüsterte, er würde in dreiundfünfzig Minuten eines furchtbaren und ziemlich lustigen Todes sterben. Aber das Meerschweinchen schüttelte nur seinen kleinen Körper, aus dem warme Kügelchen herauskullerten, und verschwand zwischen den Bäumen.

Kapia drehte sich um und blickte mir in die Augen. Wir standen unter dem bewölkten Himmel, aus dem jeden Moment das größte Gewitter in der Geschichte von Lošonc hereinbrechen würde, und wussten beide: Der alte Kapia war endgültig futsch.

Plötzlich begannen riesige Regentropfen vom Himmel zu fallen, Hagel, Blitze und das ganze Tohuwabohu, das aus einem Sommergewitter ein Endzeitgewitter macht. Sofort ahnten wir, dass der Nachhauseweg, angefangen von der Wiese mit den vielen Hochspannungsmasten über die Schienen, Straßen, Schachtabdeckungen, Straßenlaternen bis hin zu den Blitzableitern und Antennen, längst unter Wasser stand. Von den Schlüsseln, die an farbigen Schnürchen um unsere Hälse baumelten, sprachen wir lieber gar nicht. Glücklicherweise hatten wir uns auf ähnliche Situationen in der Vergangenheit als einzige Mitglieder der geheimen Bruderschaft vorbereitet, und die

Wahl war einstimmig – wir gingen zum unterirdischen Versteck auf dem Baum.

Wir kletterten an den rostigen Nägeln empor, die in die Rinde der breitkronigen Eiche eingeschlagen waren, und schlüpften ins Holzhäuschen. Der Raum: zwei mal zwei Meter, knarrender Boden und provisorisch zusammengenagelte Bretter. Das Versteck, das vom Boden aus sieben Meter in die Höhe ragte und mit seiner Lage einen perfekten Aussichtsturm darstellte, hatten wir letzten Sommer mithilfe gehandicapter Kinder aus der Lošoncer Anstalt gebaut, deren Honorar rund ein Bonbon pro Tag betrug. Ich würde lügen, wenn ich schriebe, Kapia hätte ihnen den ganzen Lohn ausgezahlt. Protestierten sie, trat er ihnen in den Hintern, zwinkerte mir zu und sagte, von jetzt an seien wir eine moderne, offene Gesellschaft. Das Baumaterial, das wir Nachbar Hrčka gestohlen hatten, sollte diesem ursprünglich für den Bau einer Latrine dienen. Seither erledigt er das große Geschäft im Stadtbrunnen.

Wir setzten uns auf den Boden, wickelten uns in Decken ein und beobachteten durch das kleine Fensterchen das Gewitter, das an Lošonc rüttelte. Die Wände des Verstecks waren verkritzelt mit geheimen Chiffren, Hieroglyphen und Bildern von Gesichtern, Tieren und Brüsten, deren Primitivität auch den Homo erectus belustigt hätte. Das war unser Daheim, hier versteckten wir uns vor der Welt, vor Dummköpfen und Prüfungen. Ein Asyl für Heimatlose, ein Fegefeuer für Gewissenlose. In der Holztruhe waren Trinkwasservorräte, alte Bohnenkonserven, Spiritus, Regenmäntel, ein Fernglas, ein Luftgewehr, Comics, Fotografien unserer Eltern, ein Tintenfederhalter, Duftpapier für den letzten Willen und hundertdreiundzwanzig Kronen, von denen nach Kapias geheimen Ausfahrten nur vier Heller übrig geblieben waren. Der Dritte Weltkrieg konnte beginnen, wir waren vorbereitet.

Regentropfen hämmerten aufs Dach, rannen zwischen den Latten hindurch und bildeten auf dem Boden dunkle Flecken. Der Sturmwind krümmte die Bäume, irgendwo in der Stadt auch die Verkehrstafeln und Pfosten, und verwandelte das Holzhäuschen in einen klapprigen Wohnwagen. Der Blitz spaltete den Himmel wie ein Katana das Furoshiki-Tuch, und eins, zwei, drei, vier – schon grollte der Donner. Ich stellte mir die unvergessliche Tracht Prügel vor, die ich zu Hause bekommen würde. Und meine Eltern, die die überschwemmten Straßen beobachteten und sich vorstellten, was sein wird, wenn ich nicht mehr da bin. Vater wird sich in meinem Zimmer ein Büro einrichten, Mutter meine T-Shirts zerschneiden und aus ihnen Lumpen zum Putzen der Kloschüssel machen, und mein Bruder wird mir alle Grammofonplatten stehlen. Die Beerdigung wird kurz sein und das Totenmahl bescheiden, slowakisch. In ein paar Jahren, wenn Trauer und Erinnerungen verblassen, würden sie sich für einen weiteren Sohn entscheiden, einen schöneren, netteren und verantwortungsvolleren, als ich es war. Winzige Fehlerchen, die sie bei der Erziehung meines Bruders und mir begingen, würden sie nicht wiederholen und ein vollkommenes Kind erschaffen. Einen Übersohn. Er würde Ludvik heißen, und wenn er das achte Lebensjahr erreicht hätte, würde er einen interplanetaren Regenschirm entwickeln, dank dem nie mehr jemand während eines Gewitters umkommen wird.

Ich blickte Kapia an, und mir war klar, dass er meine Bedenken nicht teilte. Er schaute schweigend dem fallenden Regen und den dicken Wolken zu, die Lošonc umschlangen. Ich nahm aus der Truhe Wasser und Spiritus und mischte eine Pálenka, die echter Kerle würdig war. Ich gab den Nektar Kapia, der ohne mit der Wimper zu zucken einen ordentlichen Schluck nahm. Es schüttelte ihn nicht mal, mich hingegen schon. Fast hätte ich mich übergeben, und dann hätte der Blitz den Schlüssel an meinem aus dem Fensterchen gestreckten Hals getroffen, wäre durch meinen Körper gefahren und hätte ihn in ein Schnellgericht aus dem Pipi-Grill verwandelt. Glücklicherweise behielt ich den Schnaps bei mir und nahm aus der Kiste einen Stapel Comics von Kapitän Mrož und seinen unglaublichen Abenteuern.

Kapitän Mrož, eigentlich Dušan Muk, war ein in Spišská Nová Ves lebender langweiliger Dreißigjähriger, sein stereotypes Leben bestand aus der Arbeit auf dem Sozialamt, den Mittagessen in der vietnamesischen Straßenküche, einer glatzköpfigen Ehefrau und drei widerlichen Kindern. Aber alles veränderte sich in dem Moment, als er sich während eines Familienurlaubs in den Beskiden in unwirtlichen Wäldern verlief. Nachdem ihm eine Bärenfalle beinahe das Bein abgetrennt hätte, wurde er ohnmächtig, und als er aufwachte, lag er auf einem Bett gefesselt im unterirdischen Laboratorium des irren Biologen Oliver Kokoška. Der Wissenschaftler mit einer Gesichtsspalte, einer verschobenen Realitätswahrnehmung sowie einer unregelmäßigen Verdauung nähte den langweiligen Dreißiger lebendigen Leibes in den Körper eines toten Walrosses und erschuf ein entsetzliches Monstrum. Seither kursieren in den Beskiden Legenden von Kapitän Mrož, der sich in den dunklen Wäldern herumtreibt, verirrte Touristen konsumiert, verirrten Touristinnen den Hof macht und *Divný Janko* im lokalen Murmeltierchor rezitiert.

Auf einmal fiel zwischen den Comics eine zerknitterte Zeitschrift heraus. Die Seiten waren vergilbt, zerrissen und von irgendeiner Flüssigkeit verklebt. Ich schaute Kapia überrascht an, den die Zeitschrift dermaßen fesselte, dass er ihr einen mehrsekündigen Blick schenkte. Beide wussten wir, wo das Heft herkam, aber wir hatten nicht die geringste Ahnung, wie.

Ganz ehrlich, wie kommt ein altes deutsches Erotikheft von Kapias Vater zwischen die Comics im unterirdischen Versteck auf dem Baum?

Wir besahen beide mit stummem Entsetzen die abgeriebenen Seiten entblößter Damen mit einer Dauerwelle auf dem Kopf und zwischen den Schenkeln. Steife Brustwarzen, die an Muttermale einer Meerjungfrau erinnerten, feuchte Lippen, gebräunte Waden, gebleichte Zähne, überhängendes Fett und mit braunem Moos bewachsene Achseln. Leidenschaftliche Augen, lüsterne Augen, unterwürfige Augen oder dominante Augen. Jede Tante, verdreht in einer bizarren gymnastischen Stellung, hatte einen Namen. Astrid, auf einer blühenden Wiese liegend hinter Köln. Sabina, eingesperrt in einem Käfig mit einem präparierten Gepard. Ines, in einer verrauchten Motorradkneipe auf der Männertoilette thronend. Marlene, an einem Kristallüster hängend. Heidi in einem Kinderschwimmbecken. Ulla, sterbende Soldaten in einem Feldlazarett tröstend. Lotte, verstopfte Auspuffe alter Wartburge putzend.

Über den Köpfen der Damen leuchteten in rosa Blasen Wörter wie Schatzi, Arschloch, Ruf an, Hauptmann oder Meister Lampe!

Ich verspürte ein bekanntes Beben unter dem Bauchnabel. Heißer Dampf stieg mir in den Kopf, die Welt um mich herum verlor ihre scharfen Konturen und löste sich auf. Auf der Zunge spürte ich Trockenheit, der Magen zog sich zusammen, und die Puppe zwischen den Beinen begann sich in einen Schmetterling zu verwandeln. Meine Backen erröteten, und meine Finger wurden schwer, die Hirnwindungen schmolzen, und vor meinen Augen flimmerten Bilder von nackten deutschen Mamas, von Federn und buntfarbigen Pilzen, die auf einem mit Brüsten übersäten Feld wuchsen. Ich fiel durch einen langen roten Tunnel, dessen Wände pulsierten wie Herzchen in der Gebärmutter, um danach durch eine dicke weiße Schicht zu sinken und in ein riesiges Einmachglas einzutauchen, in dem Wartburge, Aprikosen und Meerjungfrauen schwammen. Sie schmiegten ihre Lenden und Kiemen an mich, kicherten und hatten so langes Haar, dass ich mich darin verfing und ertrank. Meinen toten Körper zog die rothaarige, ölverschmierte Lotte ans Ufer, streichelte mein Gesicht und flüsterte »Schatzi, Schatzi, Schatzi«, und dann explodierte ihr Kopf, es flogen Gehirnstücke und Sommerblumen umher, die die Straßen von Lošonc überschütteten. Meine Eltern waren auch da, hielten ihren neuen Sohn Ludvik an der Hand, winkten mir zu und riefen »Alles wird gut sein, Söhnchen, morgen wachst du als Mann auf!« Auf dem Hauptplatz landete ein pelziger Ballon, aus dem Alica ausstieg. Ihr nackter Körper wurde von einer Schar Fledermäusen verhüllt, und in dem Moment, als ihre feuchte Hand meine glühende Stirn berührte, schossen Kanaldeckel hoch, und Strahlen weißen Puddings stiegen zum Himmel empor. Nach all dem wurde es still, die Wolken verzogen sich, und am klaren Himmel erschien die große Hand Gottes, die mir ein Taschentuch gab.

Es ist vollbracht, Peter. Atme, atme …

Ich öffnete die Augen und spürte unendlichen Frieden, der jeden Zentimeter meines pulsierenden Körpers aussteifte. Schweißperlen rannen meine Schläfen herab, meine verkrampften Zehen entspannten sich, und in den Ohren verklang die Melodie der Meereswellen, die Ringe ertrunkener Piraten an den Strand schwemmen. Erst jetzt merkte ich, dass ich mit der rechten Hand meinen erschlaffenden Kasper festhielt, während die Hose um den Schritt von einer klebrigen Flüssigkeit dunkel geworden war. Ich schaute beschämt zu Kapia, der dieselbe Erleichterung in den Augen hatte wie ich. Er nahm die Hand hoch, mit der er die Rätsel zwischen seinen Beinen untersucht hatte, und zündete sich eine Zigarette an. Die Scham und die peinliche Leere waren weg, es blieben nur Intimität und das Wissen, dass alles so ist, wie es sein soll.

Ein paar Minuten später war das größte Gewitter in der Geschichte von Lošonc vorbei.

Wir kamen aus dem Wald und blieben am Wiesenrand stehen. Die Stromleitungen zwischen den Masten waren gerissen, und in der Stadt war kein einziges Haus erleuchtet. Die Pfützen reichten uns bis zu den Knien, und im trüben Wasser lagen tote, vom Blitz getroffene Vögel. Auch Frösche, Hunde und Katzen hatte der mächtige Sturm in die Luft gehoben und dort niedergeworfen, wo es ihm passte. Die vom Gewitter in einen Tierwasserfriedhof verwandelte Wiese wirkte wie ein Spektakel aus einer anderen Welt. Auf einmal erblickten wir zwischen all den Geschöpfen das Meerschweinchen, das ich Kapia geschenkt hatte. Es zappelte mit den Beinchen und schwamm zwischen den ertrunkenen Tierchen, pfiff und fletschte die Zähnchen, lebendig, gesund und nass bis auf die Knochen. Wenn es um Nagetiere geht, ist auch die methodische Skepsis fehlbar.

Kapia zog das unsterbliche Meerschweinchen aus dem Wasser und steckte es in den Hosensack.

10

Favágó

»Ein Haus musst du mit bloßen Händen bauen, sonst fällt es früher oder später in sich zusammen. Du pflanzt ein paar Bäume, liebst eine Frau, lädst Freunde auf einen hausgemachten Wein ein, fertigst eine Schaukel für die Töchter und sagst dir, das Leben ist wunderschön.«

Das pflegte mein Opa jeden Sonntag zu sagen, wenn er in der Badewanne lag, Lieder von Koós János hörte und tauchte. Einmal blieb er ganze zwölf Minuten unter Wasser und tauchte erst wieder auf, als Oma schon weinend die Kleidung fürs Grab zu suchen begann.

Jano Krajči war der schönste Mann von Lošonc. Er hatte wundervolle große Hände, in der hinteren Hosentasche einen Kamm, und wenn ihn jemand aufbrachte, trat er ihn in die Eier. Er ging nicht in die Kneipe, er ging nicht in die Kirche. Er behauptete, betrinken könne er sich auch zu Hause und das Einzige, woran er glaube, sei die Liebe.

Als im Jahr 1938 mit dem Ersten Wiener Schiedsspruch Lošonc an Felvidék angegliedert wurde, war Opa fünf Jahre alt. Mit seinem Vater zogen sie zu den Großeltern nach Mýtna auf der slowakischen Seite der Barrikade. Im Zweigenerationenhaus mit einer langen Veranda und einem Garten, der bis zum gespenstischen Wald reichte, lebten mehr Tiere als Menschen. Alle schliefen auf dem Boden eines feuchten Zimmers mit einem massiven Tonofen. Die Einzige, die das Privileg hatte, auf dem weichen Heu in der Küche zu schlafen, war die Ziege

Františka. Der weise Kinnbart und der durchdringende Blick sicherten ihr die Position der Familienaristokratin, die ungarische Poesie las und die Latrine benutzte.

Ein knappes Jahr später, als der Gestank von Krieg und sich zersetzenden Körpern in jedes Haus drang, ging Františka für immer. Ein Grüppchen Dorfbewohner lockte sie auf die Wiese über Mýtna, wo sie sie steinigten und verspeisten. Roh und unbeweint. Der schreckenerregenden Tat schaute von weitem auch Opa zu. Die Gesichter der Dorfbewohner mit den blutigen Mündern und den unzurechnungsfähigen Blicken raubten ihm noch Jahre nach dem Krieg den Schlaf und den Seelenfrieden. Was von Františka übrig geblieben war, beerdigte er im Garten. Ins hölzerne Kreuz ritzte er den Namen, hängte einen Löwenzahnkranz daran und legte auf das kleine Grab Sándor Petőfis Gedichtsammlung *A szeptember szerelem*, Františkas Lieblingsverse.

Opas Mutter und sein Bruder Laco unterschrieben das Magyarisierungsdokument und blieben in Lošonc. Opa besuchte sie regelmäßig. Vor allem dann, als sich die Situation beruhigte, niemand auf niemanden mehr schoss, die Nachbarn sich nicht gegenseitig die Hähne schlachteten, die Deutschen keine Brunnen mehr zuschütteten und keine nackten Soldaten mehr in Massengräber warfen. Janík oder János, wie ihn seine Bekannten zu nennen pflegten, kam meist im Sommer nach Lošonc, manchmal gar für ganze zwei Monate.

Man schrieb den heißen August 1941, und Lošonc erlebte die größte Hitzewelle in seiner bewegten Geschichte. Brände breiteten sich aus wie eine Epidemie und verwandelten alles in Staub, was ihnen im Weg stand. Sonnenblumen- und Maisfelder, die gewöhnlich mit ihren hohen Köpfen die traurige Stadt säumten, waren ausgetrocknet und fingen regelmäßig Feuer. In den Flussbetten lagen verfaulte Aale und andere Fische, die Hügel verwandelten sich in ausgedörrte Steppen, und die Wälder waren voll toter Bäume mit geneigten Kronen. Überall herrschten Hunger und Unruhe, das Brunnenwasser stank wie die Achseln der Partisanen, und unter den Menschen breitete sich eine seltsame Krankheit aus, die als blaue Pest in die Geschichte der Slowakei einging.

Die ungarischen Beamten wussten, dass Lošonc ein wundertätiges Lebenselixier brauchte, und so organisierten sie im Angesicht des Kriegshurrikans und der grassierenden Epidemie ein legendäres Fußballspiel zwischen dem ungarischen Debrecen und dem österreichischen Graz.

Die Nachricht vom Spiel der Spiele, in dem selbst Mátyás Popó, Pelés Vater und Träger der goldenen Wurst für den besten Fußballer in der Geschichte des Königreichs Ungarn, auch Fecske, die Schwalbe, genannt, mitspielen sollte, verbreitete sich bis weit über die Grenzen von Lošonc, und die Karten waren nach fünf Rülpsern ausverkauft. Es war klar, dass die Kapazität des alten Stadions, in dessen Spielfeldmitte eine riesige Platane wuchs, nicht ausreichen würde. Deshalb wurden Tausende Grasquadratmeter auf den Hauptplatz getragen und rundherum kaskadenförmige Tribünen, Buffets und Cafés aufgebaut. Innerhalb eines Monats wuchs im Herzen von Lošonc ein neues Stadion, das mit seiner Kapazität das größte in Felvidék war. Es erhielt den bezeichnenden Namen Újvilág, Neue Welt.

An jenem denkwürdigen Tag kamen im Stadion angeblich hunderteintausend Menschen zusammen. Die Zuschauer saßen aufeinander oder standen sich auf den Köpfen, hingen an Lampen, marschierten auf Stelzen, und einige Lehnsherren verfolgten das Spiel aus einem Miniaturluftschiff. Als die Spieler aufs Feld rannten, dröhnte das Stadion wie eine besoffene Sirene, deren Schallwelle sich über die ganze Erdkugel ausbreitete. Es wird gemunkelt, den Aufschrei hätte auch der amerikanische Präsident Franklin D. Roosevelt in seinem Arbeitszimmer gehört, und er sei dermaßen erschrocken, dass er sich mit siedendem Tee den Schritt verbrühte. Von da an ging er breitbeinig wie ein Jockey.

Die Zuschauer, die das Spiel mit eigenen Augen sahen, waren sich alle einig, dass es sich um den größten und schönsten Moment in der Geschichte des modernen Fußballs handelte. Debrecen deklassierte Graz 7:1, und Mátyás Popó schoss alle acht Tore. Es war eine Feier des Sports und der Wiedergeburt Lošoncs, das die blaue Pest von den schmerzenden Schultern streifte und gestärkt auf dem leidvollen Weg fortfuhr. Als Opa der Kunst des legendären Fecske zusah, der es neben durchdachten Pässen, einer übermenschlichen Ballführung und tödlichen Schüssen schaffte, jeder schönen Frau im Publikum zuzuzwinkern und gleichzeitig das geschniegelte Haar mit dem Kamm nach hinten zu glätten, schwor er bei seiner Familie und Františkas Grab, der beste Fußballspieler in Lošonc zu werden.

Der Krieg war beendet, die Stadt und die Leute erholten sich von der ungarischen Lobotomie und lernten von neuem zu gehen, zu sprechen und zu denken. Aus der Dampfmühle, die einst die ganze Slowakei mit Weizen versorgte, stieg noch einige lange Monate Rauch auf. Opa zog mit seinem Vater nach Lošonc zurück, wo das Leben langsam wieder in die alten Bahnen und Risse zurückkehrte. Opa vergaß seinen Schwur nicht und schaffte es nach ein paar Jahren von der Nachwuchsmannschaft bis unter die alten und erfahrenen Matadore, die in der Ersten Liga spielten und soffen, Kautabak ausspuckten, das Haar zurückkämmten und ihre athletischen, behaarten und verschwitzten Oberkörper in den Trainings zur Schau stellten. Alle Frauen in Lošonc liebten sie wie gefallene Könige und

ließen sie in ihre Schlafzimmer, wenn die Ehemänner Nacht-
schicht hatten.

Opa spielte in der Verteidigung, war schnell, großgewach-
sen und verlässlich. Er hatte eine fußballuntypische Demut,
und wenn es nötig war, konnte er scharf wie Sonntagsgulasch
sein. Nachdem er im Spiel gegen den gefürchteten FC Hajnáčka
beiden Spitzenstürmern die Beine gebrochen und sie anschließend eigenhändig verarztet hatte, nahmen ihn die alten Matadore endgültig in ihren Kreis auf, und er wurde zum Publi-
kumsliebling. Seitdem nannte ihn niemand anders als Favágó,
Holzfäller.

Noch heute erzählt Opa mit angehaltenem Atem vom unvergesslichen Derby zwischen Lošonc und Opatová, wo sein älte-
rer Bruder Laco als Stürmer spielte. Das Match sollte definitiv
über den Fußballmonarchen des Südlandes entscheiden. Der
Zuschauerraum war überfüllt, im Publikum zirkulierten Pogatschen, Flaschen mit selbstgebranntem Schnaps und Hoch-
spannung, und als Fußballhooligan wurde jeder bezeichnet,
der kein weißes Hemd trug.

Knapp vor Spielende zenterte Béla Tarr, der schnellste Au-
ßenläufer von Opatová und der einzige Zöliatiker auf dem Feld,
vor das Lošoncer Tor, und beide Krajči-Brüder starteten Richtung Ball los. Der Torhüter zögerte nicht und stürzte zwischen
sie mit den Ellbogen voran, die spitziger als die Brustwarzen einer jungen Zigeunerin waren. Opa brach er die Nase und schlug
ihm drei Vorderzähne aus, Laco zertrümmerte er den Unterkie-
fer. Keiner von ihnen spielte den Wettkampf zu Ende.

Lošonc gewann gegen Opatová 2:1.

Als das Spiel beendet war und die in den Umkleideraum torkelnden Fußballer von einer Schar Journalisten und sehnsüchtigen Witwen umzingelt wurden, rannte ein stilles Mädchen
mit langem kastanienbraunen Haar aufs Spielfeld und sam-

melte alle Zähne von Opa ein. Damals konnte noch niemand ahnen, dass das der Anfang der größten Lošoncer Liebesgeschichte aller Zeiten war.

Ein paar Tage nach dem denkwürdigen Derby fand im bekannten Kaffeehaus Szüsz ein großes Tanzvergnügen statt. Auf der Straße wurde gegrillter Mais verkauft, vor den Toren des Lokals zeichnete sich eine endlose Reihe herausgeputzter Bürger ab, und im Saal, der mit hohen Fenstern und ornamentalen Decken ausgestattet war, heizte der namhafte Zigeunerprimas Dany Rudy Tanzbeine und Hosenschlitze auf. Der Architekt Ottó Jabak hatte dem Ort ein Jugendstilleben eingehaucht mit geheimen Katakomben, die in Gemächer führten, wo sich schwerreiche Herren mit leichten Damen vergnügten. An den Wendeltreppengeländern rutschten entblößte Diven herunter, Männer baumelten an Kristalllüstern, und Flüsschen verschütteter Spirituosen verbanden sich zu einem stürmischen Ozean südländischer Liederlichkeit. Beim Tanzvergnügen fehlte auch Opa nicht. Sogar mit gebrochener Nase und ohne Vorderzähne war er der schönste Mann auf dem Parkett.

Als an der Bar ein Streit entbrannte, war er der Erste, der eingriff. Ein paar Sekunden später stand er auf der Promenade dem spindeldürren Kerl mit einem schiefen Mund und geballten Fäusten gegenüber, umringt von skandierenden Trunkenbolden. Er brauchte weder die Manschetten aufzuknöpfen noch die Ärmel seines frischgewaschenen Hemdes hochzukrempeln oder seine kurze Krawatte mit Malewitschs Motiv abzulegen, um den Kerl mit einem harten rechten Haken niederzustrecken. Dann zündete er sich eine Sparta ohne Filter an wie ein Lošoncer James Dean und trug den Gefallenen auf der Schulter ins Krankenhaus. Nach einigen Tagen erschien in der Lošoncer Zeitung *Timravas Gurgel* ein Artikel darüber, wie der lokale Fußballspieler mit einem einzigen Hieb den Boxer Kornel Szabó, auch Tolpatsch genannt, den Salgótarjáner Champion im Leichtgewicht, zu Boden gebracht hatte.

Als Opa zum Tanzvergnügen zurückkehrte, fand er dort über zweihundert angetrunkene Männer und ein einziges Mädchen vor. Alle anderen waren weg, nach dem Zapfenstreich und unter den schützenden Fittichen ihrer Väter, älteren Brüder oder gewalttätigen Ehemänner. Die junge Frau im langen weißen Kleid trat unsicher an ihn heran und gab ihm ein blutiges Taschentuch, in dem er seine ausgeschlagenen Zähne fand. Sie hatte einen schönen Namen, den der Holzfäller nie zuvor gehört hatte.

Meine Oma, Liana Krajčiová, geborene Skuhrová, ist heute sechsundsiebzig Jahre alt.

Mein Opa, Jano Krajči, ist heute einundachtzig Jahre alt.

11

Der Ball

Jemand hat mir einmal gesagt, die Familie sei wie ein Baum
auf einem Friedhof. Er beschützt diejenigen, die jemanden verloren haben. Er ist voller Geschichten, Schmerz und winziger
Wunder. Wenn er sich zu sehr ausbreitet und die Hinterbliebenen daran hindert, ihre Nächsten zu beweinen, wird er zurück-
gestutzt. Meist die Äste, die krank oder zu neugierig sind. Seine
Früchte isst man nicht. Sie reifen, verselbständigen sich und
sterben stolz. Er wächst in die Höhe und in die Tiefe. Wenn die
Wurzeln genügend durchschlagskräftig sind, dringen sie in die
menschlichen Gräber und in die Körper der Verstorbenen ein.
Sie festigen sie mit neuen Knochen und Sehnen. Sie hauchen
dort neues Leben ein, wo niemand danach suchen würde.

Daran dachte ich jedes Mal, wenn wir mit Kapia am Grab
seines Vaters standen.

Herzförmige Blätter fielen uns in die Hände, und über unseren Köpfen dehnten sich die Glieder der alten Linde aus,
die seit fünfhundert Jahren an dieser Stelle stand. Damals war
hier noch kein Friedhof, sondern eine Wiese. Die Verstorbenen
wurden dort beerdigt, wo sich heute ein Hypermarkt befindet.
Es wird erzählt, dass man, als der Friedhof vom einen Ort an
den anderen umgesiedelt wurde, nur die Grabsteine und ein
paar Körper umgebettet hat, die meisten Knochen jedoch dort
unter der Erde blieben. Von Zeit zu Zeit tauchte dann in der
Stadtzeitung ein kurzes Interview mit einem Irren auf, der in
der Abteilung mit Fleischkonserven seltsame Geräusche aus

der Tiefe der Erde vernommen hatte. Der Hypermarkt reagierte prompt und erhöhte den Lärmpegel ungarischer Gassenhauer, die aus den Lautsprechern über den Regalen schallten, um fünfundfünfzig Dezibel. Seitdem unterhalten sich Einkaufende in Lošonc nicht mehr, sie irren wie Gespenster zwischen den Regalen umher, und ihre Gesichter sind verzerrt von den unerträglich lauten Liedern von Péter Máté.

Der Friedhof wurde unser neues Zuhause. Wir vernachlässigten das unterirdische Versteck auf dem Baum, das Schikanieren der Mitschüler und die Schule. In löchrigen Eimern holten wir Wasser und gossen die Sonnenblumen, die wir auf Gregors Grab gepflanzt hatten. Wir stahlen Kerzen unter Christus' Kreuz, spielten Partisanen in heruntergekommenen Kapellen und organisierten Schneckenrennen auf den Grabsteinen. Wir kletterten auf die hohe Linde, betrachteten von dort das Panorama von Lošonc und spuckten auf die Hinterbliebenen hinunter, die kamen, um die Wohnstätten der Verstorbenen in Ordnung zu bringen. Wenn das nicht ausreichte, warfen wir ihnen Kapias Meerschweinchen in den Kragen, das Ivan der Schreckliche hieß.

War uns langweilig, beobachteten wir Onkelchen Agócs, der seit seinem achtzehnten Lebensjahr als Friedhofsverwalter arbeitete. Zweimal täglich absolvierte der gekrümmte Mann seine Pflichtrunde, wischte die Wege, kratzte Moos von den Grabsteinen, nahm beim Denkmal für die gefallenen Soldaten im Großen Krieg sein Mittagessen in Form von Kolozsvárer Sauerkraut oder Kalbfleisch in Aspik ein, machte ein Nickerchen bei Timravas Grab, verjagte mit einem Eichenstock Pärchen, die sich im Halbdunkel der Andachtsräume ersten erotischen Experimenten hingaben, sammelte Zigarettenschachteln, Weinflaschen oder Präservative ein, und wenn es dunkel wurde, schloss er das Tor ab und hörte im Zimmerchen, das im Leichenhaus als Sarglager diente, Aufzeichnungen von Orgelkonzerten und las bis in die Morgenstunden Caligulas Tagebücher. Mit Tantchen Paula zeugte er die Tochter Maria, und beide kümmern sich bis heute um den Frieden der Lošoncer Verschiedenen.

Kapias Vater schütteten wir am Grab unser Herz aus. Wir erzählten ihm Schauergeschichten, von unseren Zukunftsplänen und den verborgensten Geheimnissen. Ich hoffte, die Legende von den Wurzeln, die in den Körper der Toten hineinwachsen, sei wahr, und Kapias Vater würde eines Tages unter der alten Linde auftauchen und seinem Sohn sagen, dass er in Frieden und schmerzlos gegangen ist. Wäre es mein Vater, wünschte ich mir, dies wären seine letzten Worte.

Wir bemerkten gar nicht, wie der April in den Mai überging, der Mai in den Juni, und wie die Luft wärmer wurde. An Gregors Grab verbrachten wir immer weniger Zeit. Die Tage waren länger, die Nächte klarer. Ich kehrte zum Schreiben zurück, und als wir am Körper einer überfahrenen Katze vorbeigingen, aus der die Eingeweide und die gebrochenen Knochen herausragten, fing Kapia nach drei Monaten endlich an, schallend zu lachen. Es war ein unangebrachtes und wunderschönes Zeichen vom Herrgott, dass die Zeit jedes Loch stopft. Wäre nicht der höllische Ball gekommen, hätte alles in seine alten Bahnen zurückgefunden.

Unsere Erziehungsanstalt organisierte am letzten Schultag vor den Sommerferien einen Kostümball. Die Kinder kleideten sich in seltsame Gewänder, erhielten ihre Zeugnisse, und die Lehrer konnten sich auf akademischem Boden legal mit Erdbeerpunsch, verdünnt mit Kräuterlikör, betrinken. Daran war nichts Außergewöhnliches, ähnliche Feste fanden an allen Grundschulen von Poltár bis nach Prša statt, aber nur in Lošonc rühmte sich die gewöhnliche Feier mit der Bezeichnung Ball.

Es war eine Tradition, die im Jahr 1968 ihren Anfang nahm. Der damalige Schulleiter, Genosse Borbély, hatte den kleinen Pionieren die Zeugnisse in einer russischen Uniform ausgeteilt und den ersten Ball in der Geschichte der Schule ins Leben gerufen. Die Kostüme waren anfänglich inspiriert von Möbeln der Arbeiterklasse. Die Kinder waren verkleidet als Schränke, Stühle oder Federbetten aus Spanplatten. Der Fantasie waren keine Grenzen gesetzt, nur Haushaltsgeräte wurden als kapitalistische Propaganda aufgefasst.

Heute toleriert man alle Klamotten vom Schornsteinfeger über die Prostituierte bis hin zu Exkrementen.

Also fast alle. Als ich letztes Jahr als Pavol Országh Hviezdoslav verkleidet kam, lachte mich die Schulleiterin aus, das Kostüm gehöre nicht ins Verzeichnis der Ballkleider. Sie bestrich mein Gesicht mit Kohle, zog mir zerlöcherte Schuhe an und sagte, ich solle als Pole gehen. Sie war eine alte Nationalistin, die sich alljährlich als Jozef Tiso verkleidete.

Kapia und ich beschlossen, den diesjährigen Ball auszulassen, uns die Zeugnisse zu schnappen und abzuhauen. Wir hatten einen perfekten Plan, der mit Unwohlsein im Magen begann, mit einer gefälschten Entschuldigung weiterging und mit zufriedenem Biertrinken im unterirdischen Versteck auf dem Baum endete. Was folgte, sollte mit fetter Schrift als der schönste Sommer unseres Lebens in die Kartothek der Kindheit aufgenommen werden. Glaubt mir, wir hatten nicht die Absicht, ihn mit Trotteln, verkleidet als Installateure oder als billige Attrappen von Gregor Samsa, einzuläuten.

Jeden Tag der nächsten zwei Monate hatten wir in einem detaillierten Harmonogramm aufgezeichnet, um keine Millisekunde zu vergeuden. Wir planten im Häuschen auf dem Baum Strom einzuführen, einen neuen Hochsitz mit Aussicht auf den Garten der Mädchenbesserungsanstalt zu errichten,

Aale im Tomášovsee zu angeln, Bieliks Gefolgschaft zu demütigen und ihr Versteck im Moor des Ipeľ niederzubrennen. Auf dem verlassenen Feld über der Stadt wollten wir Tomaten, Salbei und Marihuana anbauen. Wir wollten lernen, Eichhörnchen, Spatzen und Wildschweine zu jagen. Wir wollten per Anhalter durch Novohrad reisen, in den überfluteten Katakomben der Ruine Divín tauchen, alte Horrorfilme schauen, von der Burg Šomoška hinunterpinkeln, die Suche nach der Hahnenwitwe fortsetzen, im Geisterhaus von Kriváň übernachten, eine Frau für Kilimandscharo finden, allenfalls eine schöne und mutige Ziege, den Himmel über dem Balaton beobachten, wieder und wieder die Abenteuer von Kapitän Mrož lesen, mit den Zehen schnippen lernen und die größte Sammlung deutscher Erotikhefte der Gegend zusammenbringen. Wir wollten Ivan den Schrecklichen das Apportieren lehren und ihn zu einer Brieftaube vervollkommnen. Wir wollten von Alica Aktfotos machen. Wir wollten eine eigene Sprache erfinden und unsere Debatten verschlüsseln. Wir wollten überall sein und mit dem Wind kämpfen, Männer spielen und langsam heranwachsen, den Sonnenaufgang über dem jüdischen Friedhof beobachten und an Kapias Vater denken. Wir wollten unseren persönlichen Heiligen Gral finden, das Unentdeckte entdecken und jedes Fragment des unvergesslichen Sommers in ein Heft niederschreiben.

Wort um Wort, Erinnerung um Erinnerung, Liebe um Liebe.

Es klang viel zu schön und idyllisch, um wahr zu sein. Der Plan ging noch nicht einmal in die frühe Realisierungsphase über, schon zerschellte er an Mutters Dickköpfigkeit. Angesichts der sich verschlechternden Noten und einer Menge verpasster Schulstunden entschloss sie sich, freizunehmen und mich zur Schule zu begleiten, wo sie auf die Zeugnisübergabe und den Verlauf des Balls ein Auge haben wollte. »In letzter Zeit sind wir so selten zusammen, das wird prima«, sagte sie und machte aus ihrer Begeisterung keinen Hehl. Die eigene Idee schien ihr so genial, dass sie eine Weile mit dem Gedanken spielte, sich ein Kostüm der Krankenschwester Marta Pěnkavová aus *Das Krankenhaus am Rande der Stadt* anzufertigen und um den Hauptpreis zu kämpfen, einen Ballonflug über Novohrad ohne Lebensversicherung. Schließlich ließ sie den Gedanken fallen und machte sich mit doppeltem Enthusiasmus an die Fertigung meines Kostüms.

Wenn ich schon auf den blöden Ball gehen soll, hielt ich dagegen, dann einzig als Schriftsteller, und in meine Augen stiegen Tränen niedergetretenen Stolzes, aber es war alles umsonst. Die Schachpartie, in der Mutterinstinkt und die Frage aufeinandertrafen, ob ich bis zum Ende meines Schuldaseins als Held oder als Scheißer dastehen würde, endete in einer Pattsituation. Mutter ließ vom Kostüm von Doktor Sova ab, ich vom Schriftstellerkostüm, und wir einigten uns auf eine beidseitig befriedigende Lösung. Zum Abschlussball, nach dem ich nie mehr im Leben irgendein Kostüm anzog, ging ich als Kapitän Mrož.

Am Abend rief ich Kapia über das Funkgerät an und weihte ihn in die neue Situation ein. Anfangs schien er es erstaunlich ruhig hinzunehmen. Ich schlug vor, er solle sich auch irgendein peinliches Kostüm überwerfen, wir könnten unsere Zeugnisse abholen, und zu Mittag wären wir frei. Wenn nicht, würde ich ihn wegen Bauchschmerzen entschuldigen, sein Zeugnis entgegennehmen, und wir könnten uns dann im unterirdischen Versteck auf dem Baum treffen. Keine Antwort. Vom anderen Ende des Kurzwellenfunks kam nur Stille, unterbrochen von seinem Atem.

Ich erwartete, er würde die zweite Möglichkeit wählen, und alles wäre in Ordnung, wir würden den höllischen Ball überstehen, das Schultor abschließen, den Schlüssel hinunterschlucken und unsere Hintern mit Korken zupfropfen. So tun das Freunde, sie helfen einander, und wenn sie im Unterdeck einen Riss entdecken, flicken sie ihn oder springen auf ein neues Schiff auf. Andere Möglichkeiten existierten nicht, andernfalls wären wir untergegangen.

»Du bist ein Feigling«, flüsterte Kapia, und die Verbindung wurde unterbrochen.

Mir brach der Schweiß aus. Im Magen spürte ich einen feinen Wellenschlag, der das morgendliche Rührei und die mittäglichen Sauerkrautnudeln auftrieb. Dann reagierte auch das Gehirn, das Kapias letzte Worte immer wieder von neuem abspielte. Ich war verwirrt und versuchte, die unterbrochene Verbindung wiederherzustellen. Ich schickte Kapia mehrere Nachrichten, deren Tonfall von Rechtfertigung bis Reue reichte. Keine Antwort, auf der anderen Seite der Leitung herrschte Funkstille. Ich dachte, er würde mich anrufen, und wir könnten dort weitermachen, wo wir steckengeblieben waren. Wir würden einen neuen Plan schmieden, und die Welt wäre wieder ein zauberhafter und wunderschöner Ort, wo Freunde einander verzeihen und zusammenhalten. Ich wollte kein Feigling sein, und schon gar nicht in Kapias Augen. Aber er rief nicht an.

Du bist ein Feigling!

Ich lag auf dem Bett und konnte nicht einschlafen. Die Decke des Kinderzimmers, auf die ich meinen müden Blick heftete, entfernte sich immer weiter. Sie stieg in die Höhe, trennte sich von den Wänden des Hauses ab und bahnte sich durch die Baumkronen den Weg zu den Nachtwolken. Ich blieb zwischen Tag und Nacht hängen, die feine Linie zwischen Wachen und Schlaf wurde durchbrochen, und Vorwürfe, Zweifel und unbeantwortete Fragen schwappten über die Schranke meiner Zurechnungsfähigkeit. Alles vermengte sich, und das Chaos verstreute sich in alle Ecken.

Das Stückchen Selbstkritik, das sich zwischen meinem wachenden und schlafenden Ich verfing, folgerte, dass es meine Schuld gewesen war. Ich hatte mich manipulieren lassen, und deshalb scheiterte unser Plan an meiner Schwäche und Erbärmlichkeit. Es war richtig, dass mir Kapia über Funk ins Gesicht gespuckt und mich als Feigling gebrandmarkt hatte. Die Selbstkritik behauptete sogar, er sei mild gewesen und hätte mir mindestens siebenmal in die Eier treten sollen. In dem Moment befand ich die eigene Selbstkritik für unangebracht selbstkritisch und war nicht gewillt, ihren voreingenommenen Einwänden länger zuzuhören.

Wer war der Nächste?

Mütter sind doch nur Mütter, und sie der Angst um die eigenen Kinder zu beschuldigen ist dasselbe, wie den Kosmonauten für den Tanz auf der Milchstraße zu tadeln. Ich schmollte, aber verstand es. Neun Monate hatte sie mich im eigenen Körper genährt und mir unter Verzicht ihre Wärme geschenkt. Dann hatte sie sich geöffnet, damit ich mich ins Licht durchquetschen konnte, und der ganze Raum hatte sich mit Blut verfärbt. Nicht meinem, sondern ihrem. Sie opferte acht Jahre ihres Lebens, um mich alles zu lehren, was sie wusste.

Letzten Endes erwartete ich auch von Kapia eine ähnliche Einstellung. Ganz zu schweigen davon, was seine Mutter nach Gregors Tod durchgemacht haben musste, als die ganze Bürde des Familienlebens auf ihre unvorbereiteten Schultern niederstürzte. Er sollte verständnisvoll sein, sich eine graue Decke über den Kopf werfen und so als Stein verkleidet in die Schule marschieren. Alles wäre wie früher, und ich würde nicht auf dem Bett liegen, auf die sich entfernende Zimmerdecke starren und zwischen Wachen und Träumen tappen, eingeklemmt auf halbem Weg, wütend, verwirrt und verloren, dazu verdammt, Kapias letzte Worte endlos zu wiederholen.

Im Morgengrauen schlief ich endlich ein.

Achtundachtzig Minuten später öffnete ich die brennenden Augen und sah meine Mutter, die mit dem Kostüm von Kapitän Mrož in der Hand über meinem Bett stand. Obwohl sie die ganze Nacht Zeltstoff grau gefärbt hatte, den sie anschließend zu Walrosshaut formte und aus Polystyrol weiße Stoßzähne ausschnitt, sah sie wunderschön und frisch aus, hatte das Haar wie immer zurechtgemacht, und ihr Parfümduft, den ich bis an mein Lebensende mit dem Aufwachen verbinden werde, war noch ausgeprägter und überwältigender als sonst. Bei der Kostümanprobe sagte sie mir, ich sei schon ein großer Junge. Sie war sich bewusst, dass Kinder grausam sein können und mir die Ankunft in der Schule in ihrer Begleitung den lebenslänglichen Stempel eines Muttersöhnchens aufdrücken könnte. Es reiche, ihr zu versprechen, artig zu sein, und das wär's gewesen. Sie brauchte nichts weiter zu hören, und ungeachtet all der winzigen Lügen und Halbwahrheiten, mit denen ich ihre Liebe überschüttete, seit sie mich zur Welt gebracht hatte, meinte ich es in dem Moment völlig ernst. Sie küsste mich auf die Stirn, und ich wusste, dass ich sie nicht enttäuschen konnte.

Auch heute ist sie meine Mutter, und ich bin ihr Sohn.

Die ganze Schule hatte sich auf den großartigen Ball vorbereitet, und die Schulleiterin überließ nichts dem Zufall. Sie stand am Tor wie die Gestapo und kontrollierte kompromisslos die Kostüme.

Die Kinder in Zivil, die hofften, sich kurz vor dem Ball umziehen zu können, wurden gezwungen, auf der Straße ihr mitgebrachtes Kostüm anzuziehen und den ganzen Tag darin auszuharren. Diejenigen, deren Kleidung nicht den internen Regeln des Anlasses entsprach, wurden als Polen verkleidet. Und die Dummchen ohne Kostüm zog der höllische Turnlehrer an den Brustwarzen und quetschte sie anschließend gegen ihren Willen ins Kostüm von Maco Mlieč.

Schulwart Fulajtár, der dank eines Klumpfußes wie ein Kriegsdeserteur hinkte, war als Kapitän Dabač verkleidet, und der glattzüngige Imbissverkäufer, der Mädchen auf ein altes, aber erfahrenes Würstchen im Brot lockte, kam im Kostüm eines riesigen Laskonka-Gebäcks. Maco Mamuko war als seine Großmutter verkleidet, die berühmte Lošoncer Zauberin und Kräuterfrau Šakira, und Bielik, über den getuschelt wurde, er habe meiner platonischen Liebe den Laufpass gegeben und ginge nun mit einer Ballerina aus der 6A, wetzte auf dem Schulhof im Kostüm eines Casanova hin und her.

Alica nahm die Gestalt einer Meerjungfrau an.

Unsere Klassenlehrerin Hrachová verweigerte sich den diskriminierenden Balldogmen, aber der Pädagogische Rat sah ein, dass ihre aristokratische Ausdrucksweise, das beispielhafte Aussehen einer alten Jungfer und die unorthodoxen Lehrmethoden, einschließlich der Degustation indischer Tees oder der Dispute über Virginia Woolf, sie bereits ausreichend qualifizierten, ins Verzeichnis der Kostüme eingegliedert zu werden. Und so kam zum ersten Mal in der Geschichte der Schule jemand im Kostüm seiner selbst.

Bevor Hrachová, die dumme Kreide, die gerne mit dem Werther leidet, die Zeugnisse verteilte, verzichtete sie nicht auf die Abschlussrede mit klassischen Floskeln von der Berufung des Pädagogen im mythischen Raum des Heranwachsens, von der wachsenden Debilität der studentischen Rasse und der Zukunftsvision, die Gehirne von Lehrern könnten auch Tausende Jahre nach ihrem physischen Tod künstlich am Leben erhalten werden und mittels einer telepathischen Membran ihre

Botschaft von der Humanität und den Werten des Bildungssystems in der Slowakei ins ganze Universum verbreiten.

Und von Kapia keine Spur.

Es schlug zwölf. Wir bekamen unsere Zeugnisse, und anschließend jagte man uns alle in die weitläufige Eingangshalle, die sich dank Hunderter blauer Ballons, bunter Konfettis und einem riesigen Bottich mit Erdbeerpunsch in eine überwältigende Kostümarena verwandelte. Die Lehrer steckten uns Papierchen mit fortlaufenden Nummern an die Brust und sagten, wir sollen die Klappe halten. Die Schulleiterin stieg auf das knarrende Podium, hustete ins Mikrofon und erklärte den Maskenball für eröffnet.

Zuerst formierten wir uns in einer Reihe und marschierten im Saal im Kreis herum wie Sklaven, etwa eine Stunde lang. Im Takt spielte live das Playbackensemble *Breznička Blues*, während uns die Kommission besah. Sie setzte sich zusammen aus der Schulleiterin, zwei Pädagogen, einem Abgeordneten der Stadtvertretung, von dem erzählt wurde, er habe finanziell die Schule unterstützt und materiell den Schoß der Schulleiterin, und das letzte Mitglied war einer aus dem Volk, bestimmt durch Auslosung. In diesem Jahr hatte es Kilimandscharo getroffen. Die Mitglieder der Kommission bewerteten die Originalität und die technische Umsetzung der Kostüme sowie das gedankliche Konzept der Bekleidung im Kontext der Region Novohrad.

Als während der ganzen Stunde kein einziger Preisrichter neben mir stehen blieb, um mein Kostüm aus der Nähe zu betrachten, war mir klar, dass ich keine Chance auf einen Sieg hatte. Ich war weder erpicht auf ihr Interesse noch auf den Ballonflug, ich wollte so schnell wie möglich abhauen, Kapia Abbitte leisten und das Harmonogramm unseres zauberhaften Sommers in die Tat umsetzen.

Dann folgte die freie Unterhaltung. Der Leitgedanke des Balls besagte, ein vollkommenes Kostüm bestehe nicht nur aus seinem Äußeren, sondern auch daraus, wie sein Träger es verinnerlicht. Jeder sollte sich seiner Maske entsprechend verhalten und denken, für einen kurzen Moment etwas werden, was er nicht ist. Deshalb verstreuen sich die Jurymitglieder unter die Schüler und beobachten ihre Interaktionen, Tanzbewegungen und die innere Verwandlung.

Der Begründer des Balls, Genosse Borbély, hatte diesen Gemütszustand die Verkörperung der Maske genannt. Der Träger nimmt die äußere und innere Gestalt des Kostüms an und verschmilzt mit ihm, manchmal in dem Maß, dass er die Grenze zwischen sich und der Maske nicht mehr ausmachen kann. In einigen Fällen der Verkörperung wird der Kostümträger seine Besessenheit, wie Borbély immer betont hatte, bis zum Lebensende nicht mehr los. Er selbst war als Verkörperung eines ergebenen russischen Soldaten an Borschtsch erstickt. Heute begann sich während der freien Unterhaltung der Alkohol in vielen Lehrern ziemlich stark zu verkörpern.

Zum Schluss werden die sieben besten Kostüme ausgewählt, und die Träger haben eine Minute Zeit, die Jury von ihrer Außergewöhnlichkeit zu überzeugen. Manche tanzen, manche singen, und manche werfen Unterhosen ins Publikum. Die Preisrichter verschwinden daraufhin hinter den Kulissen, und wenn sie eine Stunde später zurückkommen, haben sie einen schwarz-goldenen Habit an und ein Pergamentblatt, auf dem der Name des Siegers geschrieben steht. Falls sich die Jury nicht einigen kann und zwei Kostüme den ersten Rang belegen, entscheidet das Hähnchenskalpell.

Der Vorsitzende der Kommission schneidet einem beleibten Huhn den Kopf ab und stellt den Torso zwischen die Finalisten, die von Zuschauern umringt sind. Derjenige, in dessen Rich-

tung das Masthuhn losgeht, während das Blut aus seiner Hals-
schlagader wie aus der Fontana di Trevi in Hriňová spritzt,
wird zum Sieger des Balls gekürt und Ehrenmitglied des Or-
dens der Goldenen Lošoncer Masken.

Das Hähnchenskalpell kam in der Geschichte des Lošoncer
Balls nur einmal zur Anwendung, und zwar im Jahr 1989.

»Es ist wie mit den Pinguinen, einer springt, und die anderen folgen ihm nach«, flüsterte die Rektorin ins Ohr des Abgeordneten der Stadtvertretung und glitt mit dem tief ausgeschnittenen Dekolleté über seine geschmacklose Krawatte.
Auf beiden Seiten standen verängstigte Schüler, die Mädchen
links, die Jungen rechts, und alle warteten, wer als Erstes das
Tanzparkett betreten würde. In der Luft lag eine elektrisierende Spannung und Befangenheit, ein endloses Durchrechnen
von Ursache und Wirkung, Für und Wider, Leben und Tod. Ich
schüttete Erdbeerpunsch in mich hinein, zählte die unter den
erhitzten Scheinwerfern herumschwirrenden Fliegen und versuchte mit aller Kraft, nicht der allgegenwärtigen Anspannung
der unerwachsenen Frauen und Männer zu unterliegen, die
sich mit Blicken durchbohrten, verschlüsselte Nachrichten
austauschten und einander wie Rebhühner im Gehege lockten.

Auf einmal ging ein Raunen durch die Menge, das meine
Aufmerksamkeit fesselte. Alle Mädchen und Jungen, getrennt
durch das leere Tanzparkett, hörten auf zu atmen und horchten
auf. Schulwart Fulajtár hob den Blick vom zerlegten Broiler, der
heuchlerische Imbissverkäufer zog seinen Hosenschlitz zu und
steigerte seine Konzentration, die Schulleiterin entzog ihren
entblößten Oberschenkel den Fingern des Abgeordneten, an
denen sich ein goldener Ehering abzeichnete. Der ganze Ball,
einschließlich der Musikkapelle *Breznička Blues,* erstarrte und
heftete den Blick auf den ersten Pinguin, der über das Tanzparkett watschelte.

Es war Alica.

Sie schritt langsam und majestätisch. Ihr Körper war mit Krepppapier umhüllt, das mit Schuppen und niedlichen Kiemen aus Farbstiften bedeckt war. Ihr Teint war weiß wie ein Schwan, die Fingernägel rot, und wenn der Steinboden, auf den in regelmäßigen Intervallen die hohen Absätze ihrer Schuhe aufschlugen, Lippen gehabt hätte, wäre ihm ein lustvolles »Och« entfahren. Meine Hände, Waden und sogar die Zunge waren mit Gänsehaut bedeckt. Ich erwartete, Alica würde an den Wald der halbwüchsigen und gebückten Jünglinge herantreten, die sich in die Hose pinkeln, die Schwester durch das Schlüsselloch im Badezimmer beobachten und nachts vom Flug auf den Mond träumen, um zum Schluss ihre zarten Lippen einen Spalt zu öffnen und mit dem Finger auf ihren Auserwählten zu zeigen, auf den lebenslangen Lehnsherrn, dem sie treu das Feld bestellen und ihm die geheimsten Wünsche erfüllen würde, ihren ersten und letzten Mann – auf Bielik.

Ich wusste es, und Bielik wusste es auch, der schelmisch lächelte und im Hosensack heimlich eine Packung Fruchtballons der Größe XXL öffnete. Doch auf einmal trat der Herrgott aufs Hühnerauge der Unwahrscheinlichkeit, der Ipeľ teilte sich, der Kriváň erbebte und riss mit einer massiven Lawine ein paar tschechische Bergsteiger in eine Lavaschlucht, die Sonne über Novohrad wurde von rosaroten Heuschrecken verhüllt, und am Maskenball in Lošonc explodierte ein Wunder. Alica ging einige Schritte auf die Jungenschar zu, die ihre sehnsüchtigen Blicke nicht von ihr ließ, bildete mit seitwärts gestreckten Armen zwischen ihnen einen Korridor und kam auf mich zu.

Sie nahm meine Hand und zog mich aufs Parkett. Wir tanzten wie ein verliebtes Bankräuberpärchen irgendwo in Oklahoma, das jeden Moment entlarvt und hingerichtet wird. Mit der Linken umschloss sie meine Handfläche, die rechte Hand bohrte sie in meine zittrigen Rippen. Sie legte ihren Kopf auf meinen Arm, ein Schritt vor, ein Schritt zurück, das Ensemble begann eine gedehnte Melodie zu spielen, und die Welt war in Ordnung. Ich nahm Alicas Atem wahr und die asymmetrisch verteilten Sommersprossen, die kleinen Flossen am unvollkommenen Kostüm und die glitzernden Schuppen, in denen sich das Licht und mein Herz brachen.

Es war so einfach, sauber wie Jungfrauenblut.

Da bemerkte ich weitere Pärchen, die Mut fassten und das Tanzparkett betraten. Es dauerte nicht lange, und um uns herum drehten sich Dutzende Kinderkörper, überwanden ihre Schüchternheit und streckten sich nach den Früchten des Erwachsenenseins aus, unreif wie Winteräpfel, unvorbereitet und entschlossen für den ersten Schritt, die erste Berührung, den ersten Kuss. Die Schulleiterin, die nach der Untreue des Ehemanns eine alleinstehende dreifache Mutter geworden war, fand Zuflucht in den Armen des Abgeordneten und glaubte, er werde eines Tages die Kuh Stella verlassen, und sie könnten gemeinsam weit fortfliehen, wohin auch immer, vielleicht sogar nach Nové Zámky. Hrachová legte ihre Hemmungen ab und ließ den Turnlehrer mit den Fingerspitzen von ihren Halswirbeln bis zum Kreuzbein fahren, was sie bisher niemandem erlaubt hatte, nicht einmal den geliebten Büchern von Raymond Carver. Maco Mamuko ging noch weiter und klatschte beide Handflächen auf den fleischigen Hintern der hässlichen Karolína, die ihm sofort eine Ohrfeige verpasste und daraufhin ihr Gesicht in seinem behaarten Dekolleté vergrub. Alle bewegten sich in diesem stickigen Saal wie eine einzige Frau und ein einziger Mann, ein vollkommenes Paar, das sich sehnte, gemeinsam in Mutters Schoß zurückzukehren und von neuem geboren zu werden.

Alle außer einem.

Alica hob den Kopf, blickte mir in die Augen, und ich wusste: Wenn ich sie jetzt nicht küsse, dann nie mehr. Ich spitzte meine Lippen und begann den Abstand zwischen unserem Zahnschmelz systematisch zu verkleinern. Sieben, sechs, fünf, vier, drei, zwei … Da verspürte ich am Arm einen festen Druck, der mich von Alicas Lippen losriss, und mein Körper drehte sich in einem schwindelerregenden Krampf um hundert Grad. Ich öffnete die Augen, und zwischen unscharfen Konturen von Gestalten erblickte ich eine Faust, die sich durch die dicke Luft zu mir durchdrängte, in meinem Gesicht landete und mir die Nase brach. Bevor ich die Musik des brechenden Nasenbeins vernahm, knickten meine Knie ein, und ich sackte zu Boden. Der Tanzsaal drehte sich wie ungarisches Roulette, und das Blut, das aus der Nase rann, lief mir in den Mund hinein.

Über meinem schmerzenden Körper stand Bielik.

Seine Fäuste waren geballt, an den Knöcheln war Blut und in den Augen Tränen. Alica kreischte hysterisch und zerkratzte ihm mit den Fingernägeln den Arm. Ich war durcheinander, aber es schien mir, dass das Ensemble noch immer spielte, und um uns herum bildete sich ein kleiner Kreis Schaulustiger. Bielik nahm sie nicht wahr, weder die Musik noch die unter der Decke des Saals hängengebliebenen Ballons oder Hrachová, die ihre Finger im Haar des Turnlehrers versenkte und ihm ihre mit einem Zigarettenbelag und Spinnweben bedeckte Zunge in den Mund steckte. Er nahm nur sein Opfer wahr, mich. Genauso wie Raubtiere in dicken Bilderbüchern, die sich auf den tödlichen Angriff vorbereiten. Ich schluckte den feigen Speichel hinunter, und von weit her drang ein gedämpftes Krähen zu mir.

Die Hahnenwitwe war unterwegs.

Anstatt mich an die Gesichter meiner Lieben zu erinnern, machte ich mir in die Hose. Wieder. Die Wärme, die meine Beine hinunterrann, erinnerte mich daran, dass ich immer noch lebte. Nicht mehr lange, mein Freund, nicht mehr lange, dachte ich und war angenehm überrascht, mir auch in einer derart angespannten Situation, wie es die nahende Hinrichtung ist, ein Stückchen armseliger Ironie zu bewahren. Unglücklicherweise würdigte Bielik diesen Fakt nicht, machte drei schnelle Schritte vorwärts und traf mit dem rechten Fuß meinen Kiefer, der wie ein Zigeunerauto auseinanderfiel und die Nachricht von einer inneren Blutung ins Gehirn schickte. In anderthalb Minuten würde ich tot sein.

Nun, so stellte ich mir in dem Moment den eigenen Tod vor.

In Wirklichkeit machte Bielik drei schnelle Schritte vorwärts, und bevor er meinen Kiefer zertrümmern konnte, erhaschte ich in der zusehenden Menge Kapias Gesicht. Es überraschte mich überhaupt nicht, dass er kein Kostüm trug. Er drängte sich durch die maskierten Idioten, streckte im letzten Moment den Arm aus und stach mit dem lila Jagdmesser Bielik in den Rücken. Der Körper des elfjährigen Casanovas krümmte sich und fiel unter Krämpfen zu Boden. Er wand sich vor Schmerzen und winselte wie ein Mädchen, das von einer Natter gebissen wurde. Alica verstummte und fiel auf die Knie, streichelte Bieliks pulsierenden Körper, unter dem schwarzrotes Blut hervorzufließen begann. Die hässliche Karolína fiel in Ohnmacht, und einer der angetrunkenen Lehrer rief den Krankenwagen. Die Schulleiterin verkraftete es nicht, kauerte sich nieder, und die Tränen, die ihr aus den Augen rannen, verwandelten sie in eine Hexe.

Kapia blickte mich an und nickte sanft mit dem Kopf. Ich weiß bis heute nicht, ob das eine Entschuldigung oder ein Dank war. Das Chaos, das um ihn herum entfesselt wurde, nahm er offensichtlich nicht wahr, seine Augen waren ruhig und still. In jenem letzten Augenblick, zu dem ich in den folgenden Jahren unablässig zurückkehrte, wieder und wieder, gab es nur ihn und mich. Wir schauten einander an und sahen alles, was wir erlebt hatten. Oder was wir nicht erlebt hatten? Kapia und Leviathan. Kinder des Südens. Kameraden, Blutsbrüder. Die besten Freunde in Novohrad, die nichts trennen kann, nicht einmal der Dritte Weltkrieg. Wir standen im Herzen von Lošonc und ahnten beide, dass dies nicht das Ende war. Das Ende war schon vorbei. Kapia steckte die Hand in den Hosensack, und als er sie wieder herausnahm, hielt er Ivan den Schrecklichen auf der Handfläche. Er war wohlgenährt, struppig und glücklich. Er gab ihn mir, und ich wusste, was das bedeutete.

»Das wird eine Erzählung«, sagte Kapia und erstarrte.

12

Damals in Lošonc

In Lošonc geboren zu werden hat so seine Vorteile. Wenn etwas Schönes geschieht, wissen alle davon. Sie winken dir zu, schütteln dir die Hand, und in der Kneipe wetteifern sie, wer dich als Erster besoffen macht. Schnäpschen da, Kotze dort.

Wenn etwas Schlechtes geschieht, wissen sie es noch eher. Sie gaffen hinter der Ecke hervor, aber wenn sie dich auf der Straße treffen, weichen sie deinem Blick aus. Im Blumenladen geben sie dir ein paar rote Rosen und flüstern, alles werde wie zuvor. Wohin du auch schaust, ist herzliches Beileid, oje, so viel Unglück, und: Armer Junge, was hast du bloß getan?

Steckt euer Mitleid dorthin, wo es nicht mal der Herrgott findet!

Der Ball war vorbei, zum ersten Mal in seiner Geschichte gab es keine Sieger.

Die Schulleiterin erlitt einen Zusammenbruch, vertraute die Kinder ihrem Ex-Mann an und ging nach Nové Zámky. Alleine. Hrachová bestieg nach ihr den Schulthron und eröffnete mit dem Turnlehrer einen Buchclub. Maco Mamuko punktete an jenem Abend überraschenderweise. Er brachte die hässliche Karolína in die Notaufnahme, und während sie unter Narkose stand, machte er einige schöne Fotografien ihres Schoßes. Die Kinder erzählten sich, Kilimandscharo sei in den Wald gegangen und Lehrling der Hahnenwitwe geworden. Bielik wurde in den Krankenwagen gehoben, wo er infolge einer inneren Blutung starb. Er war elf Jahre alt, nie ohne Helm Motorrad

gefahren, und zu seiner Beerdigung kam ganz Lošonc, außer
mir.

Kapia wurde auf die Polizeiwache gebracht, und dann steckten sie ihn in irgendeine Anstalt in Sučany. Noch lange, nachdem das Polizeiauto in der Ferne verschwunden war, standen
Alica und ich auf der Straße, sie als Meerjungfrau und ich als
Kapitän Mrož, und hielten uns an den Händen. Seitdem habe
ich meinen besten Freund auf Erden nie mehr gesehen.

Mit gebrochener Nase verbrachte ich eine Nacht im Krankenhaus. Doktor Böhl band sie mir ein und bemerkte scherz-
haft, ich werde nie mehr so atmen können wie zuvor. Meine
Eltern fuhren mich nach Hause, wo ich sieben Tage lang mein
Zimmer nicht verließ. Die Fenster verdunkelte ich mit schwarzen Tüchern, warf alle Spielsachen von den Plüschtieren bis zu
den Actionheldenfiguren in einen Plastikbeutel und nahm nur
Zitronenwasser an. Tagelang lag ich auf dem Boden und beobachtete das Licht, das sich an der Decke brach und ein Schattenspiel vollführte. Aus dem Fenster warf ich Kunststofftüten
gefüllt mit großer und kleiner Notdurft und versuchte, Ivan
dem Schrecklichen das Apportieren beizubringen. In meiner
verwirrten Birne spielte ich unablässig die Bilder vom Ball ab
und versuchte ihnen irgendeine Ordnung zu geben. Als ich begriff, dass Meerschweinchen die dümmsten Tiere der Galaxie
sind, ging ich aus dem Zimmer, duschte und sagte Mutter beim
Frühstück, ich sei in Ordnung. Vor Freude backte sie einen Apfelstreuselkuchen.

Auf dem Feld hinter Lošonc verbrannte ich alle Spielsachen.
Aus dem brennenden Plüsch und dem geschmolzenen Kunst-
stoff stieg schwarzer Rauch auf, der unterhalb des Horizonts
hängenblieb. Im unterirdischen Versteck auf dem Baum weinte ich eine ganze Nacht durch und vergrub im Morgengrauen
die alten Bohnenkonserven, den Spiritus, die Regenmäntel,

das Fernglas, das Luftgewehr, die Comics, die Fotografien unserer Eltern, den Tintenfederhalter, das Duftpapier für den letzten Willen und die hundertdreiundzwanzig Kronen, von denen nach Kapias geheimen Ausfahrten nur vier Heller übrig geblieben waren, am Waldrand. Ich behielt nur das Erotikheft, für alle Fälle.

Dann brach ich auf.

Der Waldpfad ging nach einer Weile in einen staubigen Weg über, der sich durch eine mit verblühtem Löwenzahn bedeckte Wiese schlängelte. Die Juliluft war warm und anschmiegsam. Blaue Schmetterlinge beschrieben unvollkommene Kreislinien, tänzelten über dem hohen Gras und lockten mich hinter den Horizont, wo sich der Weg in den Weinbergen verlor. Zwischen dem langen Streifen vertrockneter Rebstöcke und den Holzhütten, wohin die alten Menschen sterben gingen, zog sich ein enger Schotterweg. An dessen Ende wartete eine Strohvogelscheuche mit einem löchrigen Hut und Knöpfen anstelle von Augen. Sie war an einen hohen Holzpfahl genagelt, mit der Rechten zeigte sie auf eine zerbombte Straße, die nach Gregorova Vieska führte, und mit der Linken auf einen niedrigen Felsüberhang. Lange bevor die Vorfahren meiner Vorfahren hierherkamen, floss durch diese Gegend ein wilder Fluss. Das Einzige, was von ihm übrig blieb, waren die unter Erdschichten verborgenen Fischknochen und der Travertinfelsen in Gestalt eines Stierkopfes.

Die Lošoncer nennen ihn Bikabérc.

Ich kletterte auf die Spitze und streckte das Gesicht der sengenden Sonne entgegen. Der Sommerwind fuhr mir ins Haar und flocht Staub hinein. Ich setzte mich und zündete mir eine Zigarette an. Ich sah das verrostete Dach der jüdischen Metzgerei, in deren Kellergeschoss ich zur Welt gekommen war. Ich sah das Haus, wo meine Mutter geboren wurde. Die Betten, in denen meine Großeltern gezeugt wurden. Freunde, Bekannte, Hinterbliebene. Alica. Ich sah Antennen farbiger Wohnblocks, Kirchtürme und uralte Platanen, welche die Dachrinnen des Himmels berührten. Fabriken, in denen die Zeit stehengeblieben war. Menschen, Hunde, Geister. Den Ipeľ, der einst Felvidék von der Slowakei trennte. Gärten voller Baumstämme und trocknender Wäsche. Müllhalden, Freudenhäuser, Gräber. Ich sah das Dach meiner Schule, auf dem Schulwart Fulajtár aus dem verstopften Kamin Dreck und Ratten im Verwesungszustand herausfischte. Ich sah Kapia. Er stand auf dem leeren Hauptplatz, hielt das lila Jagdmesser in der Hand, das der dicke Schmied Bálint in Óbuda hergestellt hatte, und lächelte. Ich sah meine Stadt, mein Zuhause, mein Lošonc, das mich aus seinem Fundament vertrieben und nackt und unvorbereitet in die Welt geworfen hatte.

Ich sah alles, außer mich.

Wenn ich Kapias wundertätiges Auge hätte, würde ich das Lid zukneifen, und der Spiegel würde mir zuflüstern, ob ich ein guter oder schlechter Mensch bin. Freund oder Feigling. Schriftsteller Peter, Peťo, Péter, der seinen Namen geerbt hat von niemandem. Sag, habe ich tatsächlich nur das erlebt, was ich niederschrieb?

Ich nahm aus dem Rucksack acht Hefte, die acht schöne Jahre meines Lebens festhielten. Es stand alles darin, und wenn sie jemand von Anfang bis Ende läse, wüsste er genau, wer ich bin. Sofort begann ich, die Hefte zu zerreißen und wie Hühnerfedern zu rupfen. Die Papierschnipsel, die sich in meinen Händen anhäuften, warf ich in die Luft. Es lag darin keine Wehmut, es war beruhigend. Nach einer Weile war der ganze Himmel über der Stadt voll herumfliegender Schnipsel von Geschichten, die sich in einer einzigen Raumzeit abspielen konnten.

Damals in Lošonc.

Es blieb das letzte, achte Heft. Ich blätterte es durch, und mir wurde bewusst, dass es noch nicht vollgeschrieben war. Die ersten Seiten schmückte meine Krakelschrift, aus der ein irrer Grafologe unterdrückte Aggressivität, krankhafte Schüchternheit und Einnässen herauslesen würde, aber die weiteren waren leer. Die weißen Felder sprachen mich zärtlich an und warteten auf jemanden, der sie liebkosen würde.

Ich harrte aus, bis die zerrissenen Seiten die Straßen, Häuser und Kirchen bedeckt hatten. Ich packte das achte Heft in den Rucksack, verabschiedete mich vom Stierfelsen und überfraß mich zu Hause an Apfelstreuselkuchen. Ich legte mich ins Bett und schlief vor Mitternacht ein.

Als ich aufwachte, begann ich erneut zu schreiben.

Liebster Leviathan, geborener Peter, Peťo, Péter,
du schreibst wie ein echter Schriftsteller, gratuliere, wenn ich es
bloß so mit den Worten könnte wie du. Mit dem Brief hilft mir
unsere dicke Köchin, sie hat angeblich mehr Bücher als Jahre auf
dem Buckel. Schwer zu sagen, sie ist nicht die Jüngste. Aber sie
hat schöne Brüste, eine rechte Drei und eine linke Fünf (haha). Sie
sagte, wenn sie mich rauslassen, heiratet sie mich. Also hoffe ich,
hier für immer und ewig zu verfaulen. Sie lässt dich grüßen, ihr
Name ist Agátka.
Ich habe das Gefühl, alles ist furchtbar weit weg. Die Schule,
Lošonc und sogar du, mein Freund. Wenn ich die Augen schließe,
ist alles noch weiter weg. Und nach einer Weile habe ich sogar das
Gefühl, dass es nie geschehen ist. Als ob irgendwo eine andere Welt
existieren würde, wo die Menschen für ihre Worte oder Taten bü-
ßen. Und dann kommen sie hierher, in eine Anstalt in Sučany,
und alles ist ihnen wurst. Die Dinge, die sie getan haben, sind
ihnen zufolge nie geschehen. Ihre Erinnerungen sind lückenhaft,
manchmal leer. Sie reden von ihrem früheren Leben, als ob es
immer noch weiterginge. Als ob sie morgen entlassen würden und
sie dort weitermachen könnten, wo sie aufgehört haben. Naive
Idioten, Muttersöhnchen. Mörder, Psychopathen, Kastraten. Es
gibt hier eine schöne Sammlung Irrer, glaube mir.
Mama ist nach dem Vorfall abgestürzt. Sie hat Pillen geschluckt
wie Smarties. Es hätte wenig gefehlt, und ich wäre Waise geworden. Schließlich zog sie nach Österreich. Sie putzt alten Witwern

den Hintern, füttert sie mit Brei, und wenn sie einschlafen, glotzt sie bis zum Morgengrauen Kochsendungen mit dem blonden deutschen Deppen von der Haribo-Werbung. Angeblich hat sie aufgehört, Waldhorn zu spielen, Gott sei Dank. Sie hat sogar jemanden kennengelernt. Er heißt Jens, arbeitet mit Zurückgebliebenen und hat aus erster Ehe zwei ekelhafte Kinder. Kürzlich waren sie im Zoo, Mama hat mir ein paar Fotos und Buchteln geschickt, die Jens gebacken hat.

Wusstest du, dass sie im Wiener Zoo Pandas haben?

Ich werde nie die Augen von Bieliks Mutter vergessen. Sie brachten mich auf die Station zum Verhör. Sie sagten, Bielik sei noch im Krankenwagen gestorben, fesselten mich und steckten mich in eine Zelle. Als sie mich zum nächsten Verhör holten, stand sie auf dem Gang. Ich erinnere mich an jedes Detail ihrer Kleidung, an das Lied im Radio und auch an ihre Tränen. Sie kam zu mir und blickte mir lange in die Augen. Ich erwartete, sie würde mich verwünschen und mir in die Eier treten, gegebenenfalls beides gleichzeitig, aber stattdessen umarmte sie mich. Im ganzen Leben habe ich nie eine intimere und mütterlichere Umarmung gefühlt, nicht einmal von meiner eigenen Mutter. Ich fing an zu weinen und merkte, dass ich eine Latte hatte.

Kannst du dir das vorstellen, mein Freund?

Die Anstalt ist wie eine Schule, aber im Unterschied zur Schule lernt man in der Anstalt etwas. In erster Linie lernt man, pünktlich zu sein. Rechtzeitig aufwachen, sich rechtzeitig anziehen, rechtzeitig antreten, rechtzeitig arbeiten, sich rechtzeitig ausruhen, rechtzeitig essen, rechtzeitig aufräumen, rechtzeitig turnen, rechtzeitig duschen, rechtzeitig fernsehen, sich rechtzeitig ausziehen, rechtzeitig das Licht löschen, rechtzeitig einschlafen und rechtzeitig träumen.

Wir sind im Zimmer zu viert, insgesamt sind wir hier etwa hundertzwanzig. Ich muss mich rühmen, ich bin der Zweitjüngste.

Der Bastard, der im Kinderheim ein Feuer gelegt hat, ist ein paar Tage jünger. Einige sind nett, andere sind einfach seltsam, und einige sind total daneben. Wir haben hier eine Bibliothek, einen Fernsehraum mit vielen Videokassetten, sogar welche mit Van Damme, ein Basketball- und ein Fußballfeld, einen kleinen Park, dreimal täglich warmes Essen, und einmal im Monat gehen wir ins Kino. Da läuft meist altes Zeug mit Kvietik, Dibarbora oder Polónyi. Es würde dir hier gefallen. Es gibt hier sogar einen Jungen, der dir unglaublich ähnlich sieht. Und wenn er lacht, dann ist Sense, ganz du! Außer, dass du deinen Vater nicht in den Brunnen hinuntergeworfen hast.

So ist das, mein Freund.

Ehrlich, Alica fehlt mir nicht. Vielleicht ihre Brustwarzen. Manchmal stelle ich mir vor, dass ich die Korkpfropfen rausziehe und mich richtig satttrinke. Aber sonst nichts, Dunkel. Ähnlich wie damals, als sie mir vom Brief erzählte. Hast du geglaubt, ich würde das nicht herausfinden? Ich wusste von allem, auch davon, dass du ihn in Vaters Grab geworfen hast. Ich nehme dir das nicht übel, du hast als Freund gehandelt.

Nie war ich ein guter Schüler, ein guter Sohn und auch kein guter Erzähler. Aber ich weiß, dass ich ein guter Freund war und für dich alles auf der Welt getan hätte. Sogar getötet (haha). Ich möchte, dass du nicht vergisst, wie unendlich gern ich dich habe, und wenn das keine Liebe ist, dann ist nichts wahr. Auch ich nicht. Alles, was ich für mich und für dich getan habe, würde ich wieder tun. So sollte es einfach sein. Wir sollten uns begegnen, wir sollten eine Gang gründen, wir sollten ein unterirdisches Versteck auf dem Baum bauen, wir sollten Kirchenfenster einschlagen, und wir sollten uns Geschichten von der Hahnenwitwe erzählen. Wir sollten unsere Kindheit in Lošonc genau so erleben, wie wir sie erlebt haben. So tun das beste Freunde. Sie leben, atmen, hassen, lieben und sterben zusammen. Damit sie sich am Ende sagen können, es habe sich gelohnt, zwischen Mutters Schenkeln hervorzukriechen.

Habe ich das wie ein echter Schriftsteller geschrieben, mein Freund?

Als Minderjähriger werde ich von der vierzehnjährigen Strafe sieben Jahre absitzen. Wenn ich gehorsam bin. Ich werde als fünfzehnjähriger alter Mann herauskommen. Ich werde nicht mal die erste Grundschulstufe abgeschlossen haben. Ich werde ein Neandertaler sein, ein Trottel. Genau so einer wie diejenigen, die wir ausgelacht haben und die wir zwangen, in unserem unterirdischen Baumversteck zu rackern. Du wirst in die Mittelschule gehen, vermutlich aufs Gymi. Du wirst beliebt sein und dich nicht unter fremden Menschen schämen. Wenn dich jemand verärgert, pinkelst du ihn an. Du wirst ein Mädchen haben, und sie wird die Schönste auf der ganzen Welt sein. Wer weiß, vielleicht bist du dann nicht mehr Jungfrau (haha).

Wir zwei, mein Freund, werden uns wohl nie mehr wiedersehen. Bitte versprich mir, dass, wenn du über unsere Geschichte ein Buch schreibst, ich darin der größte Macker von allen sein werde.

Dein bester Freund auf Erden
Kapia

PS 1: Weißt du zufällig, was aus Großvaters Jagdmesser geworden ist?

PS 2: Heute Abend stelle ich mich vor den Spiegel und schließe das linke Auge. Ich habe keine Angst mehr. Alles wird so, wie es sein soll.

Danksagung

Ich danke

meinen Eltern, die mich erfunden, niedergeschrieben und am 19. September 1988 in festem Einband herausgegeben haben. Meinen Großeltern, Oma und Opa und dem ganzen Familienbaum der Balkos, dessen Äste sich von Ungarn bis an die Nordsee erstrecken. Veronika Čillagová, die an meiner Seite stand und lag in guten wie in schlechten Zeiten. Freunden, die Bescheid wissen. Feinden, die stinken. Der schwarzen Katze Luna, die auch beim Essen einschläft. David Koronczi und Martina Szabóová für die wunderschönen Illustrationen und leichten Worte in schweren Momenten. Emil Drličiak für das Entgegenkommen und die Professionalität. Kali Bagala für das Vertrauen und die Ausdauer, mit der er gegen den Wind schreitet. Matúš Mikšík für die redaktionelle Arbeit und die Bemerkungen der Art »Das ist peinlich, erfinde etwas Witzigeres!«, »Zu rassistisch!« oder »Handelt es sich um eine Sammlung von Erzählungen, einen strukturierten Roman oder um belletrisierte Erinnerungen?!«. Mila Haugová, Maroš Hečko und Václav Pankovčík. Lošonc, das mich aus seinem Fundament vertrieb. Den Erinnerungen, der Kindheit und dem Unvergessen. Und zuletzt mir.

Erläuterungen

Lošonc – ungarischer Name der südslowakischen Stadt Lučenec.

Božena Slančíková-Timrava, 1867–1951, slowakische Schriftstellerin des Realismus, schrieb unter dem Pseudonym Timrava, lebte in der Südslowakei, zuletzt in Lučenec, wo sie auch starb.

Milan Rastislav Štefánik, 1880–1919, slowakischer Politiker und General, fungierte gemeinsam mit Tomáš Masaryk als Schlüsselfigur bei der Begründung der Ersten Tschechoslowakischen Republik (1918–1938).

Kapitän Dabač – (slowak. »Kapitán Dabač«) psychologisches Kriegsdrama des slowakischen Schauspielers und Filmregisseurs Paľo Bielik aus dem Jahr 1959, dessen Protagonist Dabač heißt.

Jozef Gregor Tajovský, 1874–1940, Schriftsteller, Begründer des slowakischen modernen realistischen Dramas.

Miklós Horthy, 1868–1957, österreichisch-ungarischer Admiral und von 1920 bis 1944 Staatsoberhaupt des Königreichs Ungarn. Annektierte als Folge des Wiener Schiedsspruches von 1938 bis 1945 einen Großteil der Südslowakei.

Geh und sieh – (russ. »Idi i smotri«) sowjetischer Antikriegsfilm
aus dem Jahr 1985, der auf der literarischen Vorlage des
gleichnamigen Buches des belarussischen Schriftstellers,
Regisseurs und Drehbuchautors Ales Adamovič basiert.

Ján Golian, 1906–1945, slowakischer Brigadegeneral und
einer der Hauptorganisatoren des Slowakischen National-
aufstands. Er starb im KZ Flossenbürg.

Jan Kubiš, 1913–1942, tschechoslowakischer Soldat und
Widerstandskämpfer während des Zweiten Weltkriegs,
der am 27. Mai 1942 zusammen mit Jozef Gabčík als Mitglied der Operation »Anthropoid« das Attentat auf Reinhard
Heydrich, den stellvertretenden Reichsprotektor von Böhmen
und Mähren, ausführte. Nach einem dramatischen Kampf mit
der SS starb er in Prag; der Großteil seiner Familie wurde im
KZ Mauthausen ermordet.

Pavol Dobšinský, 1828–1885, slowakischer Dichter, Übersetzer
und Sammler slowakischer Märchen und Sagen.

Budkáčik und Dubkáčik – 1932 erschienene, bis heute populäre Kindergeschichte des slowakischen Schriftstellers
Jozef Cíger-Hronský, 1896–1960.

Divný Janko – Poem des slowakischen Dichters Ján Poničan,
1902–1978. Poničan besuchte in Lučenec das Gymnasium.

Pavol Országh Hviezdoslav, 1849–1921, slowakischer Dichter
des Realismus und Übersetzer.

Jozef Tiso, 1887–1947, slowakischer Politiker und katholischer Priester, Abgeordneter der nationalistischen Hlinka-Partei, von 1939 bis 1945 Staatspräsident des faschistischen Slowakischen Staats, der sich 1939 auf Druck des Deutschen Reichs von der Tschechoslowakischen Republik abspaltete. Nach dem Zweiten Weltkrieg wurde Tiso als Kriegsverbrecher zum Tode verurteilt und gehängt.

Das Krankenhaus am Rande der Stadt – (tschech. »Nemocnice na kraji města«) populäre tschechoslowakische Arztserie, die von 1978 bis 1981 lief und auch im deutschsprachigen Raum ausgestrahlt wurde.

Doktor Sova – Hauptfigur aus »Das Krankenhaus am Rande der Stadt«. Die Rolle des Doktor Sova spielte der slowakische Schauspieler Ladislav Chudík, der mit dieser Charakterrolle internationale Bekanntheit erlangte.

Maco Mlieč – Figur aus dem gleichnamigen Roman von Jozef Gregor Tajovský, erschienen 1903.

Inhalt